Espiãs também se enganam

Obras da autora publicadas pela Galera Record:

Série Garotas Gallagher

Volume 1 — Escola de espiãs
Volume 2 — Espiã para sempre
Volume 3 — Espiãs também se enganam

a l l y   c a r t e r

Espiãs também se enganam

Tradução:
Rachel Agavino

GALERA RECORD
RIO DE JANEIRO • SÃO PAULO
2012

CIP-BRASIL. CATALOGAÇÃO NA FONTE
SINDICATO NACIONAL DOS EDITORES DE LIVROS, RJ

Carter, Ally, 1974-
C315n Espiãs também se enganam / Ally Carter; tradução Rachel Agavino. – Rio de Janeiro: Galera Record, 2012.
(Garotas Gallagher; 3)

Tradução de: Don't judge a girl by her cover
Sequência de: Espiã para sempre
ISBN 978-85-01-09442-1

1. Espiões – Ficção juvenil. 2. Ficção americana. I. Agavino, Rachel. II. Título. III. Série.

12-7003. CDD: 813
CDU: 821.111(73)-3

Título original em inglês:
Don't judge a girl by her cover

Composição de miolo: Abreu's System
Design de capa: Celina Carvalho
(Baseado no design original de Elizabeth H. Clark para Hyperion)
Foto de Lev Dolgachov/Shutterstock

Texto revisado pelo novo Acordo Ortográfico da Língua Portuguesa.

Direitos exclusivos de publicação em língua portuguesa somente para o Brasil adquiridos pela
EDITORA RECORD LTDA.
Rua Argentina 171 – Rio de Janeiro, RJ – 20921-380 – Tel.: 2585-2000
que se reserva a propriedade literária desta tradução.

Impresso no Brasil

ISBN 978-85-01-09442-1

Para Donna Bray,
a Garota Gallagher que deu início a tudo

Capítulo Um

— Estamos indo — disse o homem ao meu lado, no microfone escondido em sua manga, e eu soube que aquelas palavras não eram para mim.

O ar de agosto estava quente e pesado, com cheiro de maresia e escapamento de ônibus. As estradas tinham um engarrafamento de muitos quilômetros, e, para onde quer que eu olhasse, via tons de vermelho, branco e azul. Para qualquer lado que me virasse, sentia que os olhos de profissionais treinados encaravam, observavam, gravavam cada palavra, analisando cada relance numa área de muitos metros.

Parte de mim queria se libertar dos grandalhões de terno preto que se postavam ao meu lado; outra parte queria ficar, maravilhada com os cães farejadores de bombas que examinavam caixas a 20 metros de distância. Mas, acima de tudo, eu quis mentir quando outro homem, com uma prancheta e um fone de ouvido, perguntou meu nome.

Afinal, eu tinha passado muito tempo aprendendo a sacar identidades falsas com rapidez e recitar perfeitamente histórias fabricadas quando me visse numa situação como essa. Por isso, foi muito difícil dizer:

— Cammie. Cammie Morgan.

Foi mais estranho do que eu poderia ter imaginado esperar que ele procurasse na prancheta e dissesse:

— Pode entrar.

Como se eu fosse apenas uma garota de 16 anos.

Como se eu não pudesse ser uma ameaça.

Como se eu não frequentasse uma escola de espiãs.

Enquanto andava pelo saguão do hotel, não pude deixar de lembrar da primeira tarefa que o meu professor de missões secretas havia me dado: *observar as coisas.* Luzes e câmeras brilhavam de todos os lados. Uma gigantesca rede cheia de balões de gás vermelhos, brancos e azuis serpenteava pelo espaço cavernoso como uma jiboia patriota. Lá em cima, no mezanino, a delegação do Texas entoava uma canção sobre rosas amarelas, enquanto uma mulher perambulava usando um grande chapéu de espuma em formato de pêssego da Geórgia.

Passei os olhos pelos grupos de senhoras e garotas. Maridos e mulheres. Universitários e cidadãos adultos. A última vez que estive no meio de uma multidão como esta era outra época do ano, em outra cidade, de forma que pode ter sido o ar condicionado congelante do hotel ou apenas uma lembrança de um dia frio em Washington, D.C., mas, por alguma razão, tremi e lutei contra uma forte sensação de *déjà vu* ao olhar em volta e pronunciar o nome que não dizia havia semanas.

— Zach.

Então pisquei e me perguntei se uma parte de mim sempre se preocuparia com a possibilidade dele estar me perseguindo.

— Por aqui — disse o homem ao meu lado, mas não paramos no fim da fila, que fazia voltas em frente à bancada de mármore da recepção.

Nem sequer diminuímos o ritmo ao passar entre duas fileiras de elevadores. Em vez disso, viramos num hall estreito que parecia estar a meio mundo de distância do lobby de luzes brilhantes e pé-direito alto. O carpete acolchoado cedeu lugar a placas de linóleo lascadas. Então finalmente chegamos a um elevador que, tenho certeza, o hotel nunca permitiria que fosse visto pelos hóspedes.

— Quer dizer que você é amiga dos pavões? — perguntou o agente do Serviço Secreto enquanto esperávamos as portas se abrirem.

— Perdão? — retruquei, porque, embora eu nunca tivesse entrado num hotel realmente chique, estava convencida de que não haveria aves exóticas na cobertura.

— Pavão — repetiu o agente enquanto entrávamos no elevador de serviço que já nos conduzia ao último andar sem fazer nenhuma parada. — Bem, nós usamos codinomes quando falamos dos protegidos — explicou ele, como se eu fosse... uma garota de 16 anos! — Então, você e Pavão são... *amigos?* — perguntou, e novamente percebi que ele não olhava para mim como um profissional bem-treinado e bem-equipado olharia para uma possível ameaça (porque eu sabia algumas coisas sobre profissionais bem-treinados e bem-equipados!). Não. Ele olhava para mim como se eu fosse... uma Garota Gallagher.

É claro que, se você está lendo isso, já deve saber que há dois tipos de pessoas no mundo: as que conhecem a verdade sobre o que acontece atrás dos muros da Academia Gallagher para Garotas Superdotadas e as que não conhecem. Algo no modo como o agente comparava minhas roupas um pouco fora de moda com a reputação de arrogante da minha escola me dizia que ele definitivamente era do segundo tipo — presumia que fôssemos todas ricas e mimadas, e não fazia ideia do que *realmente* significava ser uma Garota Gallagher.

E isso foi *antes* de eu ouvir o grito.

Quando as portas do elevador se abriram, um berro agudo "Eu vou matar alguém!" ecoou de trás das portas duplas no final do corredor.

Então fiquei absolutamente certa de que o homem ao meu lado não sabia a verdade sobre a minha irmandade, pois não sacou sua arma e nem sequer hesitou quando um segundo agente secreto abriu as portas duplas e sussurrou:

— Pavão está zangado.

Em vez disso, andou *até* a menina que gritava, ainda que ela fosse uma Garota Gallagher.

E embora o nome dela fosse Macey McHenry.

Até aquele dia, eu nunca havia estado em Boston. Jamais havia tido uma escolta do Serviço Secreto. E, definitivamente, em tempo algum tinha sido VIP (ou amiga/colega de quarto/convidada de um VIP) numa convenção política nacional. Mas, ao entrar naquela que, tenho certeza, era a segunda melhor suíte do hotel, adicionei mais uma coisa inédita à lista: eu nunca tinha visto Macey McHenry tão furiosa.

— Sinceramente, Macey, acho que é um elogio muito fofo... — O tom frio e controlado de Cynthia McHenry não podia ser mais diferente do de sua filha. — Ele é o único filho do futuro presidente... Você é a única filha do futuro vice-presidente... Se as pessoas querem ler sobre a possibilidade de um casamento na Casa Branca daqui a oito anos, não vejo motivo algum para impedi-las. Juro que não entendo por que você tem que ser tão melodramática.

Imediatamente pensei que, se a Sra. McHenry achava Macey muito melodramática, ela jamais deveria ser deixada a sós com a maioria das meninas de nossa turma.

— Se aquele garoto...

— *Aquele garoto* — corrigiu a mãe — é o filho do governador Winters...

— ...tentar dar em cima de mim... — continuou Macey, mas a Sra. McHenry falou mais alto que ela:

— E, se aparecer ao lado dele nos garantir mais dois pontos percentuais em Ohio, então você *vai* aparecer ao lado dele.

— Pontos percentuais... — Macey deu um suspiro exasperado. — Você sabe que não gosto de matemática.

Bem, eu tinha visto Macey McHenry resolver equações lineares sem usar calculadora (depois de dominar o método de nossa colega de quarto Liz, claro), mas aquela garota na minha frente não era a Macey que eu conhecia da escola. Também não era a garota que eu via no telejornal nacional, participando de uma comitiva, sorrindo e acenando de mãos dadas com o pai. Em vez disso, era o *outro* tipo de Garota Gallagher — do tipo que o agente esperava: esnobe, mimada, que, quase um ano antes, havia saído da limusine dos pais e entrado em nossa escola usando coturnos e um piercing de diamante no nariz.

— Esta foi a cena desta manhã, quando o senador James McHenry e sua família chegaram a Boston para encontrar o governador Winters e aceitar oficialmente o convite para a vice-presidência da chapa — dizia o apresentador do jornal.

Mas duvido que Macey ou a mãe dela estivessem ouvindo enquanto fuzilavam uma à outra com o olhar.

— Você vai fazer isso Macey. Você vai...

Mas então o segurança que me escoltava pigarreou, e a Sra. McHenry se virou para nós. Eu esperava que ela demonstrasse o mesmo entusiasmo de Macey quando me telefonou a fim de me convidar para acompanhá-los, mas, em vez disso, ela acenou na minha direção e disse:

— Pronto, a sua amiguinha chegou.

Algo na maneira como a mãe dela se referiu a mim fez Macey respirar fundo. Fiquei aliviada por ninguém ter notado como os punhos da minha amiga estavam fortemente fechados apenas um momento antes de ela dar meia-volta e disparar:

— Vamos dar uma volta!

— Não se esqueça do ensaio — gritou a mãe dela, mas Macey já estava me puxando porta afora.

Olhei nos olhos do agente uma última vez enquanto ele tentava entender o que eu poderia ter em comum com a garota que me arrastava. Na TV, alguém disse: "Cynthia McHenry é uma famosa empresária e filantropa. O casal tem uma filha, Macey, que estuda na Academia Gallagher para Garotas Superdotadas, em Roseville, Virgínia".

A nossa escola.

Em rede nacional.

Milhares de pensamentos dispararam pela minha cabeça antes de Macey bater as portas, como se minhas preocupações ficassem aprisionadas do outro lado. Ela deu um sorriso malicioso e, pela primeira vez naquele dia, reconheci minha amiga naquela garota à minha frente.

— Então, o que achou do meu disfarce?

Capítulo Dois

Espiões têm disfarces para todas as ocasiões: codinomes, identidades e passaportes falsos e outras coisinhas no bolso para forjar autenticidade. Um grande agente sempre pode tirar um disfarce da cartola (e às vezes isso envolve cartolas de verdade), mas foram poucas as vezes em que vi um tão bom quanto aquele de Macey McHenry.

— Pavão está saindo — sussurrou um dos agentes no microfone de lapela, quando segui Macey pela sede temporária da chapa Winters-McHenry, passando por fileiras de laptops e partidários que gritavam, vestidos de terno e usando *buttons* de campanha, aparentando não terem tido uma boa noite de sono desde que vieram de New Hampshire. De fato, ouvi um rapaz dizer: "Não tenho uma boa noite de sono desde que viemos de New Hampshire".

Mas o cabelo preto de Macey estava brilhante como sempre, os olhos azuis perfeitamente claros.

— Meu Deus, Camaleão! Tem ideia de como é difícil rastrear você?

Ela continuou andando, parecendo não notar que parecia uma princesa numa sala repleta de plebeus cujo dever era garantir que seu pai assumisse o trono.

— Primeiro liguei para a escola, mas já tentou arrancar alguma coisa da Professora Buckingham? — Minha colega de quarto tagarelava tranquilamente, como se, naquele exato momento, o rosto dela não estivesse sendo transmitido para todos os lares dos Estados Unidos. — Enfim... então pedi ao Serviço Secreto e...

— Espera aí! — interrompi. — O Serviço Secreto deu o telefone da casa dos meus avós a você?

— Bem — admitiu Macey —, até pedi o número ao Serviço Secreto, mas acabei conseguindo por meio de uma fonte mais *discreta*.

Baixei o tom de voz ao perguntar:

— A agência?

— *Liz* — sussurrou ela de volta, e não pude deixar de sorrir ao pensar em nossa pequena e esperta colega de quarto. — E aí, o verão foi bom? — continuou Macey, enquanto deixávamos a sala de guerra e começávamos a descer outro longo corredor.

— Foi — respondi, quase sem fôlego.

Dois meses no rancho dos meus avós em Nebraska tinham me deixado completamente fora de forma, pois a vida lá tinha um ritmo diferente, por isso ainda era um grande esforço acompanhar Macey.

— Foi legal, só que...

Pensei em nossas colegas de turma, que pareciam se espalhar para os quatro cantos do mundo sempre que a escola estava em recesso. Pensei na minha mãe, que havia me colocado em um avião no primeiro dia de férias e, desde então, não tinha enviado nem um cartão-postal. Por fim, pensei em dois garotos: um que fazia meses que eu não via, e outro que eu imaginava ver em todos os lugares, mas que provavelmente jamais voltaria a encontrar.

— Legal. O meu verão foi legal — respondi por fim.

Macey já me conhecia muito bem, então apenas sorriu e disse:

— O meu também.

Nossos passos quase não faziam barulho no carpete quando entramos no túnel que passava por baixo da rua entre o hotel e o centro de convenções.

Agentes do Serviço Secreto guardavam as portas, e ouvi um deles sussurrar dentro da manga:

— Pavão está entrando em cena.

— Será que *eu* posso chamá-la de Pavão? — provoquei.

— Depende. Você quer se sentir segura enquanto dorme na... — começou Macey, mas duas senhoras idosas, usando os maiores girassóis que já vi na vida, passaram por nós e Macey sorriu para elas. Sim, ela realmente *soooorriu*, e disse: — Olhe como a delegação do Kansas parece alegre!

Ela fez essa mudança sem nenhum esforço, como se seu sorriso luminoso estivesse conectado a um interruptor que as fatalidades acendiam e apagavam. Eu posso até ser cria da CIA, mas, naquele momento, ficou óbvio que Macey sabia tanto de identidades, encontros e alianças secretas quanto todo mundo que eu conhecia.

— Mas e aí — perguntei —, quais as novidades?

Ela tirou do bolso um pedaço de papel digitado com muito capricho.

— Seis da manhã: aparecer nos programas matinais de rede nacional. Nove horas: tirar medidas para o uniforme da Marinha. — Macey se inclinou para mim e acrescentou, com um sussurro: — É claro que vermelho me faz parecer uma vadia. — Ela retomou a postura normal e começou a andar mais rápido, a rampa levando-nos cada vez mais perto de um par de portas de metal no fim do túnel. — Onze horas: diversão em família com mamãe e papai.

Macey parou e pôs as mãos sobre as maçanetas de metal.

— Ah, você sabe... — disse, enquanto empurrava as portas da maior sala que já vi em toda a minha vida. — O de sempre.

Cadeiras — centenas delas, vazias — estavam espalhadas pelo centro do cômodo. Estandartes com os nomes de todos os estados estavam pendurados acima delas. Começamos em Oregon, depois andamos até Delaware e passamos por Kentucky. Tribunas erguiam-se à nossa frente. Levantei a cabeça, analisando os camarotes que circundavam a sala, ostentando os logotipos de todas as emissoras de TV do mundo.

Macey e eu ficamos ali paradas por um bom tempo, pela primeira vez a sós. Talvez por isso ela tenha se sentido segura para sussurrar:

— Obrigada por ter vindo, Cam.

O rosto do pai dela estava na capa de todas as revistas dos Estados Unidos. Ela estava prestes a ser a rainha do maior baile do país. Qualquer garota americana gostaria de trocar de lugar com ela, mas eu podia ver o sofrimento nos olhos da minha amiga, ali de pé no meio daquele espaço gigantesco, e eu sabia por que tinha vindo. Eu me lembrava de que uma Garota Gallagher só era tão boa quanto a que lhe dava cobertura.

— Vamos passar por isso e voltar para a escola, ok? — sugeri.

— Ok — respondeu Macey , e eu podia jurar que ela quase sorriu.

Ela provavelmente teria sorrido se não tivéssemos sido interrompidas pelo som de passos atrás de nós e uma voz que disse:

— Olá, moças.

Não sei vocês, mas há algumas conclusões a que costumo chegar sobre um adolescente que insiste em chamar as garotas de "moças". Espera-se que ele seja bonito. Espera-se que seja inteligente. O tipo de garoto que tem mais produtos para o cabelo do que você.

Mas Preston Winters... não era assim.

Ele tinha quase a mesma altura que Macey, mas não acho que estou exagerando ao dizer que tenho quase certeza de que Liz poderia levar a melhor sobre ele numa briga. O terno feito sob medida pendia no corpo magro como se ele fosse uma criança brincando com as roupas do pai, o que não estava muito longe da verdade, considerando que ele estava usando um relógio de pulso do Homem-Aranha.

— Pergunta rápida — sussurrou Macey para mim — quando sua mãe falou que nós não deveríamos usar nenhum movimento de Proteção e Cumprimento da Lei durante as férias, ela não estava dizendo que isso também se aplicava a filhos de candidatos à presidência, não é?

— Acho que se aplicava *especialmente* a eles.

Não tenho certeza se foi a presença do Serviço Secreto ou a natureza da nossa irmandade, mas alguma coisa fez Macey respirar fundo e sorrir (e sussurrar um palavrão muito pesado em italiano).

— Você está parecendo muito... patriota... hoje, Srta. McHenry — disse Preston, olhando Macey de cima a baixo.

Olhei para o *twin-set* da minha amiga (vermelho, azul e branco, eu sei... *Macey* estava usando um *twin-set*!) e contive o riso.

— Não acredito que nos encontramos — continuou o garoto, virando-se para mim e estendendo a mão. — Eu sou Preston. Você deve ser...

— Ocupada — interrompeu Macey, tentando me arrastar dali.

— Cammie — respondi, resistindo aos puxões da minha amiga o suficiente para apertar a mão de Preston. — A colega de quarto — acrescentei.

Ele se inclinou um pouco para a frente e disse:

— É um prazer conhecê-la, Cammie, a colega de quarto...

Antes que ele pudesse terminar, ouvi uma voz aguda gritar:

— Família McHenry, à esquerda do palco!

Uma mulher elegante estava andando no palco, com os pais de Macey seguindo-a de perto. Ela segurava uma prancheta. Um par de óculos de aro de tartaruga estava pendurado em uma corrente em volta do pescoço dela. Os cabelos estavam presos em um coque não por um, mas por dois lápis.

— Família Winters, à direita!

Enquanto o governador de Vermont e a esposa dele assumiam seus lugares, não pude deixar de notar que um dos homens mais poderosos do país parecia completamente apavorado com a mulher da prancheta.

— Família McHenry! — gritou ela novamente. — Está faltando...

— Estou aqui — disse Macey, correndo para o palco.

A mãe dela revirou os olhos. O pai olhou o relógio. Mas a Moça da Prancheta apenas disse:

— Maravilha! Não podemos ter uma nova Camelot sem nossos jovens. Olhe esses rostinhos reluzentes!

— Na verdade, devo minha compleição à sua empresa, Sra. McHenry.

Todo o grupo pareceu surpreso ao ouvir Preston — justo ele entre todos. Mas, em vez de se calar, ele foi em frente:

— Aquele novo creme clareador... uau! Bom trabalho — acrescentou, com um aceno constrangido.

A Moça da Prancheta o encarou e ficou bastante óbvio que os rostinhos reluzentes deviam ser vistos, não ouvidos.

— Vou ficar aqui agora — disse Preston, assumindo sua posição ao lado dos pais.

Os candidatos se alternaram atrás de um palanque coberto por um tecido drapeado, vermelho, azul e branco, à direita da cadeira do Mississippi. Macey ficou no meio daquilo, sem se encolher nenhuma vez sob os holofotes, enquanto eu me recolhia à tranquilidade do meu lugar no fundo da sala, em meio às sombras.

Número de vezes que a Moça da Prancheta fez com que o Governador Winters e o pai de Macey praticassem o aperto de mãos e depois se virassem para acenar para uma multidão imaginária: 14

Número de vezes que Macey fuzilou a mãe com os olhos: 26

Número de vezes que Preston tentou chamar a atenção de Macey e ela o ignorou completamente: 27

Número de vezes que Macey teve que ensaiar uma queda "espontânea" enquanto dançava com o pai: 5

Número de minutos que passei sentada sozinha, naquela enorme sala, perguntando-me se a liberdade e a democracia seriam sempre assim tão bem ensaiadas: 55

Ao meio-dia, a Moça da Prancheta estava repassando tudo uma última vez.

— Exatamente às 20h04, a música vai começar. — Ela levantou as mãos dramaticamente. — Nesse momento — disse, analisando os candidatos e suas famílias por sobre os óculos de armação escura —, recomendo que dancem de modo espontâneo.

Preston sorriu para Macey, que sentiu um arrepio.

— Balões vão cair do teto às 20h06. Comemorem, comemorem. Dancem, dancem. Corta para os comerciais.

— Acabou? — perguntei quando Macey apareceu ao meu lado, um minuto depois.

Ela parecia mais aliviada do que eu jamais a vira (e isso inclui a vez em que o Dr. Fibs anunciou que não precisaria dela para ajudá-lo com sua experiência sobre "protetores de joanetes como armas"; o que, desnecessário dizer, foi um alívio e tanto!).

— Vamos — disse Macey, mas nós duas devíamos ter nos tornado um tanto desatentas durante o verão, porque Preston já estava atrás de nós.

— Então, será que as moças estariam interessadas num almoço leve? Ouvi dizer que a delegação do Havaí está assando um porco.

Àquela altura eu devia estar com pena de Preston, porque aquela foi a coisa mais idiota que eu já ouvi. Mas Preston não se envergonhava de sua estupidez — ele a *abraçava*. Nenhuma parte de Preston Winters sentia pena de si mesmo. Ele era a única pessoa que eu conhecia que não usava absolutamente nenhuma máscara. Eu gostava dele por isso.

— Lamento, Preston — disse Macey, agarrando o meu braço e me empurrando na direção da porta. Ela ergueu sua programação diante dele: — O dever chama.

Mas, se tem uma coisa que aprendi convivendo com a filha de um político, é que eles nunca aceitam um não como resposta.

— Ah, sim — disse ele. — A programação. Fazendo a sua parte. Isso é ótimo.

Estávamos dez passos à frente, mas, para um garoto magricela, ele era bem rápido. E persistente.

— Vou acompanhá-las.

Como havia dois agentes do Serviço Secreto nos escoltando e uma multidão de jornalistas de plantão à espera de notícias ao vivo, Macey deve ter pensado duas vezes antes de detê-lo. Em vez disso, empurrou as portas de metal outra vez e, pouco depois, estávamos refazendo nossos passos pela passagem subterrânea.

Um senhor de idade, com o cabelo branco bagunçado e sobrancelhas fartas, quase esbarrou em mim e murmurou, com sotaque carregado:

— Desculpe, senhorita.

Duas mulheres com camisetas que diziam "Washington vota Winters" praticamente se curvaram diante de Preston, mas ele manteve o ritmo para nos acompanhar, quase correndo.

— Então as moças frequentam a mesma escola, é isso? — perguntou ele, sem fôlego. — Todas as mulheres da Academia Gallagher são tão atordoantes quanto vocês?

Macey virou-se para ele.

— Na verdade, atordoar é o que fazemos de melhor.

— Mas então, Preston... — intervim, ansiosa para mudar de assunto. Pegamos o corredor estreito e escuro que tinha me levado a Macey naquela manhã. — Você deve estar animado... por causa do seu pai. Filho do presidente e tudo o mais.

— Ah, sim. Estou muito animado com os planos do meu pai para os Estados Unidos.

Ele podia ser filho de político, mas eu era filha de espiã, e sabia reconhecer uma mentira quando a ouvia. Quando chegamos ao elevador de serviço, observei Macey apertar o botão freneticamente; eu sabia que ela estava pensando em maneiras de manter Preston do lado de fora, mas tudo o que pude fazer foi pensar em outro garoto e em outro elevador e me lembrar de que há coisas que nem mesmo uma Garota Gallagher pode evitar que aconteçam.

Quando as portas se abriram, todos entramos. O elevador era apertado, então um dos agentes teve que sair.

— A propósito, este é Charlie — disse Preston, indicando o homem que parecia ocupar mais do que a parte que lhe cabia naquele pequeno espaço. — Charlie está comigo desde... quando foi mesmo? Em Missouri, acho.

A porta se fechou. Charlie não disse uma palavra sequer. E ouvi Preston preencher o vazio com um sussurro:

— Bons tempos...

A subida pareceu um pouco mais longa desta vez. Eu devia ter me perguntado por quê, mas não fiz isso — não até ouvir a campainha e ver as portas se abrirem revelando um espaço que eu estava certa de que nunca tinha visto.

Poderíamos muito bem estar em outro país — muito mais do que em apenas outro prédio — quando entramos numa sala com iluminação fluorescente, sem tapetes vermelhos, sem nenhum partidário correndo ou guardas pacientes. Um carrinho de serviço de quarto sem duas das rodas estava encostado a uma parede. Havia carrinhos da lavanderia e velhas cabeceiras de camas. Máquinas de fazer manteiga gigantescas preenchiam o espaço com um barulho alto e um calor quase insuportável.

— Você apertou o botão errado? — perguntei, olhando para Macey.

— Aqui diz: "12h05: gravar filme da campanha. Elevador de serviço. Andar R." — Ela apontou para a grande letra R pintada na parede à nossa frente.

Olhei para Charlie, que não tinha dito uma palavra desde que deixamos o andar do centro de convenções, mas ele não hesitou em levantar a manga do paletó e dizer:

— Controle, estou com Pavão e Cachorro Louco...

Ao meu lado, Preston ergueu as sobrancelhas e sussurrou:

— Eu mesmo escolhi esse codinome.

Mas Charlie prosseguiu:

— Estamos no andar R. Eles vão filmar aqui ou houve alguma mudança nos planos? — Ele olhou para mim e disse: — Estão verificando.

O ar estava quente e fedendo, e aquele espaço era pequeno demais para ser o andar inteiro. Do outro lado, havia uma porta com uma pequena janela, então não me surpreendi ao ouvir Macey dizer:

— Aposto que não deveríamos estar aqui. — E, em seguida, empurrou a porta, irrompendo num espaço iluminado.

Há muitas coisas que uma Garota Gallagher tem que ser: aventureira, audaciosa e totalmente corajosa com relação a grandes alturas — isso só para mencionar algumas características. E todas elas se tornaram úteis quando Macey, Preston e eu cruzamos a porta e nos vimos no terraço do hotel.

Um vento forte soprou, batendo a porta de metal atrás de nós. Quando andamos até a beira do terraço e espiamos a cidade, vimos campanários de igrejas históricas e arranha-céus. Alguns prédios davam a impressão de que Paul Revere em pessoa sairia deles a qualquer momento; outros pareciam vindos diretamente do futuro. Sessenta andares abaixo, vans de emissoras de TV e ônibus de turismo enfrentavam o engarrafamento, mas dali, do terraço do hotel, o caos da convenção parecia muito, muito distante. E esse, acho, era o problema.

Não havia equipe de câmeras nem especialistas em relações públicas. Olhei para Macey, que disse o que eu estava pensando:

— Tem alguma coisa errada. — E então, virando-se para Preston: — Onde exatamente nós deveríamos estar? — Ela olhou de Preston para a programação e depois estendeu a mão: — Deixe-me ver o *seu* roteiro.

— Está bem... Olhe, não é tão fácil de... — disse Preston engasgando nas palavras, mas por fim admitiu: — Está com a minha mãe.

Olhei para trás, procurando Charlie, mas ele não estava à vista e, naquele momento, tudo pareceu mudar.

Talvez tenham sido meus quatro anos de treinamento, ou meus 16 anos e meio como filha de Rachel Morgan, mas, de algum modo, eu soube que o terraço era um péssimo lugar para estarmos.

— Ei, você... — começou Preston, quando corri para a porta de metal — ... que realmente corre depressa.

Eu mal o ouvi quando bati contra a porta com toda a força, tentando em vão girar a maçaneta, chocando-me contra o metal cinza. Ela estava trancada — ou presa — e não podíamos voltar pelo mesmo caminho pelo qual tínhamos vindo.

— Tem alguma coisa errada — repetiu Macey atrás de mim, checando mais uma vez sua programação, ainda tão apegada à sua personalidade de filha de candidato que se esquecia completamente da outra, a personalidade de espiã, a garota que ela achava que não teria que ser durante as férias. — Alguma coisa simplesmente... — mas então ela se interrompeu.

Os olhos azuis de Macey encontraram os meus e pude ver neles uma percepção — um medo — quando ela olhou para o papel em suas mãos e depois de volta para mim...

E depois para o helicóptero que voava muito baixo, muito rápido, e na nossa direção.

Capítulo Três

Este é o segredo das operações secretas: as coisas realmente ruins sempre acontecem quando você menos espera. Os vilões não dão pistas de quando você vai ser atacado. Eles não deixam você descansar meia hora depois das refeições. E eles nunca, jamais deixam você parar para calçar sapatos confortáveis.

Então, treinar para esse tipo de vida significa uma coisa: que a escola de espiãs nunca está realmente de recesso.

Pensei no pedaço de papel na mão de Macey e disse a mim mesma que aquilo não poderia ter sido um erro inocente, uma mudança de planos. Não significava que nossos professores tivessem atraído Macey — e eu, de quebra — para um terraço com algum tipo terrível de teste em mente. Não significava que estávamos prestes a enfrentar uma luta. Não significava que meu coração tivesse motivo para estar acelerado.

Ainda assim, olhei para a minha amiga e perguntei:

— Está pensando o que eu estou pensando?

Macey deu de ombros.

— Os nossos professores não fariam nada na frente dele — argumentei, apontando para Preston, que estava debruçado no parapeito, olhando o caos da rua lá embaixo, completamente alheio à mancha escura que despontava no horizonte e se movia depressa.

Pensei na programação de Preston, que não estava com ele, e falei:

— Talvez ele não devesse estar aqui?

Ao ouvir isso, Macey deixou cair seu papel. Eu o vi rodopiar no ar ao nosso redor quando o helicóptero pairou ainda mais baixo. Era como se Macey tivesse deixado a máscara dela cair também. O hotel estava cheio de gente que só veria a filha do candidato, mas ali, naquele momento, não havia dúvidas sobre quem Macey McHenry deveria ser.

— Ei, meninas, olhem só... — disse Preston, finalmente notando o helicóptero sobre nós. Ele parou de repente, quando uma corda foi lançada da aeronave e ficou balançando entre o céu e o terraço.

Ouvi um clique, um ruído metálico, quando a porta do terraço se abriu. Mas, em vez de Charlie, duas figuras armadas entraram no espaço iluminado pelo sol. Então, não pude mais me conter e gritei:

— Estou de férias!!!

Senti Macey atrás de mim. Preston olhava uma figura escura descer de rapel do helicóptero, como se, de algum modo, tivesse entrado num jogo de videogame — ou num pesadelo.

— Eles não parecem eleitores indecisos — disse ele, como se o sarcasmo fosse uma arma na qual tivesse confiado a vida toda e que esperava que não falhasse agora.

As figuras mascaradas não correram até nós. Não eram descuidadas. Agiam de modo premeditado. Eram hábeis, moviam-se com determinação, mantendo distância enquanto eu e Macey nos posicionávamos de costas uma para a outra, prendendo-nos no meio do terraço.

— Preston — gritei —, abaixe-se!

Eu queria que ele se escondesse. Que ficasse inconsciente ou cego. Eu sabia muito bem no que poderia resultar o fato de ter um garoto civil no meio de um exercício de Operações Secretas. Esse era um capítulo que eu não precisava reler.

— Este não é... — falei, com um gemido, enquanto aparava o primeiro golpe do atacante — um momento... — Dei meio passo para a direita e acertei um chute no joelho de um dos mascarados. — ...muito bom para mim!

Uma das figuras parou à minha frente. Dentes brancos brilhavam por trás da máscara escura. Por uma fração de segundo, pensei que fosse o sorriso do Sr. Solomon. O primeiro atacante que havia descido do avião tinha curvas de uma mulher bonita, e parte de mim se perguntou se era minha mãe.

Mas então, do nada, senti um soco na lateral do meu corpo, um golpe perfeito. Caí no chão quente e feito de piche do terraço, vi outros helicópteros descendo e se aglomerando à nossa volta — e então percebi.

Que ninguém na Academia Gallagher seria tão descuidado.

Que a minha mãe e o Sr. Solomon prefeririam morrer a expor a nossa escola daquele jeito.

Que havia algo mais por trás daquele soco — não exatamente no punho do atacante, mas nos olhos dele.

E então, mais do que nunca, percebi que tinha que tirar Macey e Preston dali.

Não sei como explicar o que aconteceu em seguida, mas, naquele instante, tudo o que aprendi nas aulas de P&CL voltou à minha mente. Naquele momento, eu soube que sobreviver não era apenas uma questão de socos e chutes; era uma questão de geometria e cálculo do tempo; uma questão de ter que acelerar seus reflexos enquanto acalma a mente.

Pode ter durado um minuto, ou um mês. A única coisa da qual eu tinha certeza era que um dos homens se movia na minha direção. Eu me abaixei, e o punho dele passou por cima de mim, tirando um fino da minha cabeça, mas meu foco já estava em outro lugar — os meus olhos escaneavam o terraço, procurando uma arma, uma saída, ou os dois. E foi então que vi: um andaime estreito, usado por limpadores de janelas, pendurado na lateral do terraço. Ele tinha grades dos dois lados e estava preso por um sistema de roldanas.

Meu coração disparou. O vento rugia nos meus ouvidos. Peguei a mão de Preston.

— Vamos! — gritei.

Ouvi passos atrás de mim — senti a mão de alguém segurar meu braço. Eu me virei, mas, antes que pudesse desferir um golpe, Preston puxou sua mão livre para trás e, pegando impulso, deu um soco na garganta do homem. Por sorte, foi um golpe perfeito, pois eu estava precisando de toda a ajuda possível enquanto tirava o filho do candidato à Presidência daquela situação arriscada e o levava para o andaime.

— Eu bati num cara — disse Preston, olhando para seu punho como se *aquela* fosse a coisa mais surpreendente de todas.

— Eu sei. Bom trabalho — falei, pegando os controles do andaime. Mas, pela primeira vez, Prestou pareceu ter notado que eu o havia guiado até uma plataforma pendurada na lateral de um prédio de sessenta andares.

— Espere! — gritou ele.

— Você vai ficar bem.

— Mas eu não deveria... — balbuciou ele, como um garoto que sabe que deveria ser cavalheiro, mas não fazia ideia de como.

Atrás de mim, ouvi Macey gritar de dor, mas mantive o foco e apertei o botão verde, sabendo, de algum modo, que tirar Preston do terraço era a minha missão naquele momento.

— Segure firme! — gritei, e, no instante seguinte, a gravidade agiu e Preston caiu vinte andares, para um lugar seguro.

Eu deveria ter saboreado este feito, mas os atacantes pareciam ter mudado de foco e vi uma mulher levantar a mão e apontar para onde Macey estava se posicionando, ao meu lado.

— Peguem-na — ordenou a mulher.

Olhei de relance para a minha amiga, filha de um senador dos Estados Unidos e uma das garotas mais ricas do mundo. Minha amiga, que estivera estampada em todas as bancas de jornal do país e que seria o sonho de qualquer sequestrador.

Macey e eu recuávamos devagar, chegando cada vez mais perto da parede atrás de nós, e sabíamos que estávamos encurraladas.

— Não! — gritei, como se só isso bastasse para fazer com que eles parassem.

E então eu vi: um duto de ventilação enferrujado a dez metros da porta que eu já havia perdido as esperanças de abrir. Eu me agachei, chutei a grade do duto com toda a força e a senti ceder um pouco. Chutei novamente enquanto, atrás de mim, os homens investiam contra Macey. Ouvi um golpe seco nauseante. Virei-me e vi a minha amiga agarrar o próprio braço e cair no chão, gemendo de dor, então chutei com mais força, e, desta vez, a grade velha se entortou com a pressão. Ela se soltou e eu a arremessei na direção da cabeça de um dos homens que tentavam pegar Macey. Ouvi o barulho do metal contra o crânio dele, mas não parei para verificar o estrago — eu estava ocupada demais agarrando Macey e a empurrando pelo buraco da ventilação.

Comecei a segui-la, mas alguém agarrou os meus ombros com muita força, prendendo-me ali. Tentei arranhar a pessoa que me segurava, mas, enquanto eu lutava para me libertar, minha mão tocou um anel de ouro com um emblema entalhado, que eu jurava já ter visto antes. Por uma fração de segundo, minha mente voou enquanto eu tentava localizá-lo, mas então ouvi uma voz fraca chamar "Cam", e me lembrei da minha amiga — da minha missão.

Lutei com mais intensidade, inclinando-me para a frente e rezando para que o impulso me levasse do buraco na parede para um lugar mais seguro. De repente, lembrei-me do *button* da campanha da chapa Winters-McHenry na minha blusa. Ouvi o tecido se rasgar quando arranquei o *button* e enfiei a ponta do alfinete na mão que segurava meu ombro esquerdo.

A mulher atrás de mim gritou de dor enquanto eu empurrava Macey por todo o duto e seguia atrás dela.

— Corre, Macey! — gritei. — Rápido!

Eu não estava pensando. Não tinha nenhuma estratégia em mente. Nenhuma resposta rápida. Nenhuma palavra. Era o velho caso de lutar ou correr. Olhei para Macey, cujo braço estava pendurado num ângulo estranho. Senti uma dor na lateral do corpo e soube que, na melhor das hipóteses, minhas costelas estavam contundidas, ou talvez até quebradas. Então percebi que não conseguiríamos lutar por muito mais tempo, e que tínhamos que sair dali — e depressa.

— Corre! — repeti.

Atrás de nós, ouvi a porta de metal se abrir novamente. Um feixe de luz cortou o piso de cimento, iluminando um par de longas pernas, dobradas num ângulo esquisito, despontando de trás de uma das grandes máquinas daquela sala.

— Charlie — sussurrou Macey.

Passamos pelas máquinas barulhentas e contornamos móveis quebrados e relíquias do hotel, acumulados por uma década, até chegar ao elevador que tinha nos levado àquele lugar.

Então, pela primeira vez, senti que eu realmente iria chorar.

As portas do elevador estavam abertas. Arames distorcidos saíam da caixa de controle, ainda faiscando nas extremidades arrancadas da parede e cortados em dois com uma precisão profissional.

Não havia para onde correr. Não tínhamos lugar para nos esconder. Eu me virei para olhar as três figuras que se aproximavam de nós em formação perfeita — um grupo de caça com um helicóptero pronto para levar minha amiga a um lugar que eu nem ousava imaginar.

Olhei à minha volta em busca de uma arma. Encontrei um carrinho e o empurrei contra eles com toda a minha força, na esperança de que ele agisse como a maior bola de boliche da história e derrubasse as três figuras vestidas de preto com um único golpe. Mas o homem que vinha à frente simplesmente jogou o carrinho de lado.

— Cam... — sussurrou Macey.

Ela estava ficando mais pálida. O braço esquerdo tinha inchado, chegando ao dobro do tamanho normal, mas, ainda assim, ela conseguiu apontar com o braço direito para um buraco quadrado na parede — um tipo de fossa ou calha.

Eu não sabia o que era nem aonde nos levaria. E não havia tempo para perguntar. Simplesmente me enfiei por ele, empurrando Macey à minha frente.

Um dos homens se lançou para a frente. Ouvi alguém gritar "não", o som reverberando pelo buraco, porém era tarde demais. A gravidade assumiu o comando, e eu estava despencando em direção ao desconhecido, rezando para que fosse melhor do que o lugar de onde eu acabara de sair.

Em queda livre, senti a minha cabeça bater contra o metal do duto. Alguma coisa quente e molhada pingou nos meus olhos, e ainda assim eu me sentia... grata... esperançosa. Zonza.

Então, houve uma queda fofa. O chão abaixo de mim parecia rolar, mas pelo menos havia chão.

Eu me virei e apertei os olhos em meio à tontura e à dor, e vi uma gota vermelha cair em lençóis brancos. Macey estava deitada, inconsciente, ao meu lado.

Joguei a cabeça para trás e senti o mundo começar a girar. Ao longe, alguém gritou:

— Serviço Secreto dos Estados Unidos. Abra!

E, em meio a uma névoa, a minha mente voou de volta à última vez em que o mundo tinha virado de cabeça para baixo. No meio da minha escola, um garoto me inclinava para trás e me beijava. Por um momento, quase pude ver o rosto vindo na minha direção, como se a minha vida estivesse passando diante dos meus olhos.

Então o mundo inteiro ficou preto.

Capítulo Quatro

Nem todo sono é igual, tenho certeza disso. Afinal, experimentei muitos tipos diferentes em primeira mão. Existe o sono "Bex me desafiou para um round de kickboxing", no qual a exaustão só se equipara à dor no corpo. Tem o sono "A vovó Morgan preparou um grande jantar e não tenho que ir a lugar nenhum por três semanas", que você só dorme em lugares onde se sente absolutamente segura. E então existe o outro tipo — o pior de todos —, quando seu corpo vai a algum lugar e sua mente não consegue acompanhá-lo: o sono "A mamãe acaba de me dizer que o papai nunca mais voltará para casa". Seu corpo descansa, mas o coração... ele tem outras coisas a fazer, e você acorda na manhã seguinte rezando, torcendo, desejando que a noite anterior tenha sido um pesadelo.

Nunca soube que era possível ter os três tipos ao mesmo tempo. Mas é. Agora eu sei.

— Não se mexa — disse uma voz profunda.

Primeiro senti a luz, queimando através de meus olhos fechados e me obrigando a virar a cabeça para o outro lado. Quando me movi, uma queimação percorreu meu corpo e a voz riu.

— Sei que você não é muito boa em seguir regras, Srta. Morgan, mas, quando digo para você ficar quieta, é melhor fazer o que eu digo.

Pisquei e engoli, mas a minha boca parecia estar cheia de areia e os meus olhos ardiam como brasas. Tentei me sentar ereta, mas a mão de alguém me fez recostar de volta nos travesseiros macios. Ergui os olhos para o rosto borrado da minha mãe — a diretora da minha escola e a melhor espiã que já conheci.

E então, de algum modo, encontrei força para dizer:

— Aquilo não foi um teste, foi?

Eu não sabia onde estava, nem mesmo que dia ou que horas eram, mas conhecia o rosto da minha mãe, e ele foi suficiente para responder à minha pergunta.

— Bem-vinda de volta. — Ouvi a voz forte dizer e me virei para encarar Joe Solomon de pé à beira da minha cama; mas, pela primeira vez desde que o conheci, eu não estava preocupada com a aparência do meu cabelo na presença dele.

— Senhor... — comecei, minha voz áspera.

— Tome. — Minha mãe levou um copo-d'água aos meus lábios, mas não consegui beber.

— Macey! — gritei, sentando-me muito depressa. Minha cabeça girava e minha garganta ardia, mas nada poderia me deter. Mil perguntas me ocorreram, mas, naquele momento, apenas uma importava: — Macey! Ela está...?

— Ela está bem — disse minha mãe, num tom tranquilizador.

— Para falar a verdade, melhor do que você — disse o Sr. Solomon. — Um braço quebrado não é tão assustador quanto... — Ele se interrompeu, mas deu um tapinha na têmpora, e, pela primeira vez, senti as bandagens que cobriam a minha cabeça.

Lembrei-me da queda pelo duto, do sangue nos meus olhos, e então, apesar de ser uma espiã em treinamento, eu me senti um pouco tonta e me deitei no travesseiro.

— Onde estou? — perguntei, notando que, em vez da saia com que eu estava vestida em Boston, agora usava meu pijama mais velho e mais macio. Em vez das dores de machucados recentes, o meu corpo doía como se houvesse anos que eu não me mexesse, então tive que reformular a minha pergunta: — *Quanto tempo*?

— Você ficou inconsciente por pouco mais de um dia — respondeu o Sr. Solomon. — Nós a trouxemos para cá o mais rápido possível.

— Para cá? — Olhei à minha volta. A parede de madeira ao lado da minha cama era áspera sob meus dedos. O piso era de madeira sólida. Percebi que estava numa cabana, provavelmente propriedade da escola ou da CIA. — Isto é um esconderijo? Um lugar seguro?

Eu não tinha ideia de *quão* segura estava até ouvir meu professor dizer:

— Espero que seja. É a minha casa.

O Sr. Solomon era dono de uma casa. *Dessa* casa. Em qualquer outro dia eu teria decorado cada detalhe do lugar: a colcha de retalhos, a caixa de equipamentos, o cheiro de pinho fresco e de naftalina. Eu teria ficado surpresa com o fato de o Sr. Solomon *morar* em algum lugar, de ter raízes.

— Eu não a uso muito — disse meu professor, como se lesse a minha mente. — Mas tem sido útil... — Ele parecia escolher as palavras. — Em certas ocasiões.

Não parei para imaginar as "ocasiões" da vida dele. Sabia que a minha mente nunca faria justiça a elas, então, em vez disso, simplesmente tentei reunir coragem para perguntar:

— E Charlie?

Mamãe sorriu e acariciou o meu cabelo.

— Ele vai conseguir, Cam. Vai ficar bem.

Isso deveria ter me acalmado, mas não foi o que aconteceu. Do lado de fora, o sol abria caminho por entre as árvores densas e os raios caíam sobre a cama. Sentei-me um pouco mais ereta.

— Macey também está aqui?

O Sr. Solomon concordou com a cabeça.

— Lá fora. Foi um tanto difícil afastá-la do Serviço Secreto depois de tudo, mas... — ele fez uma pausa, olhou para a minha mãe e depois de volta para mim. — Nós demos um jeito.

Às vezes, parece que nós, as Garotas Gallagher, passamos metade do nosso tempo imaginando as coisas que os nossos professores viram e fizeram. Mas, naquele dia, não perguntei os detalhes. Naquele dia, eu tinha visto o bastante para saber que talvez eu não quisesse ouvir as histórias.

— O que aconteceu? — perguntei. Não olhei para a minha mãe nem para o Sr. Solomon. Os meus dedos percorriam as costuras da colcha. Eu é que havia estado lá e, ainda assim, tudo o que pude dizer foi: — Quero dizer, foi uma...?

— Tentativa de sequestro? — O Sr. Solomon terminou a frase para mim, e eu concordei, tentando parecer tão profissional quanto ele. — Essas coisas acontecem, ou quase acontecem, com mais frequência do que você pensa.

Tentei balançar a cabeça e sorrir. Afinal, o verdadeiro sucesso das operações secretas depende de ninguém saber delas. Mas as pessoas ficariam sabendo daquilo.

— Noventa e nove por cento das vezes não chegam tão longe — continuou ele —, mas...

— Eles eram bons — disse eu, quase tremendo com a lembrança.

— É... — concordou, como se parte dele não pudesse evitar se surpreender. — Eles eram bons. O Serviço Secreto e o FBI vão fazer algumas perguntas a você. Srta. Morgan, esses agentes terão, no máximo, permissão de Nível Seis... Então, você sabe o que terá de dizer a eles?

Assenti.

— A minha amiga me convidou para a convenção. Fomos atacadas no terraço. Conseguimos fugir.

Eu me vi recitando a lenda que teria que contar; me lembrei de que sabia falar 14 idiomas diferentes, mas, ainda assim, a minha vida era guiada pelas coisas que eu não podia dizer.

Olhei de relance para a janela, vi as árvores que nos cercavam, uma clareira e, ao longe, um lago que cintilava ao sol. Macey estava de pé na ponta de um longo píer, olhando para a água.

— Tivemos sorte — acrescentei, baixinho, e, naquele momento, minha lenda não parecia nem um pouco com uma mentira.

O celular da minha mãe tocou e ela correu para atendê-lo. Eu a ouvi sussurrando com alguém que chamava de Senhor. Me virei e olhei pela janela para a garota no píer, então me levantei devagar e caminhei na direção de uma antiga porta de tela.

— Não tem nada de errado aí — disse o Sr. Solomon. Parei e me virei. Ele estava apontando para a minha cabeça machucada. — Pode acreditar em mim, Cammie. Vai ficar tudo bem. — Então, tocou uma cicatriz quase imperceptível em sua têmpora. — Entendo um pouco dessas coisas.

O Sr. Solomon era o melhor professor que eu já havia tido, e não quis desapontá-lo. Por isso, eu menti e disse:

— Eu sei.

— Ei! — falei ao chegar o fim do píer.

Macey ainda estava de pé ali, olhando fixamente o lago tranquilo. A face esquerda dela tinha arranhões. O olho direito estava rodeado por um círculo preto, e o braço esquerdo estava pendurado numa tipoia nada atraente. Enquanto andava na direção dela, eu não podia evitar pensar que, se aquela era a aparência de *Macey*, provavelmente eu nunca mais desejaria ver o meu reflexo num espelho.

— Bem-vinda de volta — disse ela.

— Obrigada.

— Como está a cabeça?

— Doendo. E o seu braço?

Minha amiga não respondeu. Ela não fez nenhum comentário sobre meu cabelo estar horrível nem sobre os hematomas em nosso rosto que corretivo nenhum seria capaz de esconder.

Havia muito o que dizer, então não a pressionei. Em vez disso, eu me mexi desconfortavelmente, ouvindo as tábuas estalando sob meu peso, e pensei em como a nossa escola tinha nos ensinado a sair daquele terraço, mas nada na nossa educação excepcional nos dizia o que deveríamos fazer em seguida.

Eu queria me sentar na sala da OpSec e ouvir atentamente enquanto o Sr. Solomon dissecasse cada movimento, cada pista, cada golpe.

E também queria bloquear aquilo da minha memória e nunca mais voltar a pensar no assunto.

Queria saber quem tinha feito aquilo, como e por quê.

E queria acreditar que tudo tinha terminado e que esses eram o tipo de detalhes que não importavam agora.

Eu queria receber o maior treinamento de todos e aprender com ele, me tornar melhor por causa dele.

E queria que aquilo deixasse de ser real.

Queria um monte de coisas diferentes durante o tempo que passamos ali, mas, acima de tudo, queria que a garota que havia estado ao meu lado em Boston se virasse e percebesse que eu estava ao lado dela agora.

— Ouvi dizer que o Charlie vai ficar bem — comecei, mas Macey não sorriu. — Você falou com Preston? — tentei, mas ela nem piscou. — Macey, você quer conversar sobre isso? — perguntei, mas a respiração dela manteve o ritmo e o olhar nem se moveu. — Macey, por favor, diga alguma coisa. Por favor...

— Isto é bom — disse ela quando a brisa do fim do verão soprou por entre as árvores. — Gosto daqui. Gosto da água.

— Você não tem uma casa em Martha Vineyard? — perguntei, imaginando como uma cabana velha num lago tranquilo poderia se comparar à mansão dela.

Macey apenas continuou olhando as águas calmas e disse:

— Isto aqui é melhor.

— Teremos que responder a algumas perguntas. Precisaremos tomar muito cuidado com o que vamos dizer. Nós...

— Eles já me orientaram — disse minha amiga sem desviar os olhos do horizonte. — Esta casa *parece* segura. E então, finalmente olhando para mim, perguntou: — Não acha, Cam?

— Sim, Macey — afirmei, baixinho. — Parece.

Estava ficando tarde. O meu relógio biológico havia se reiniciado e alguma coisa no modo como o sol se escondia atrás das colinas cobertas de árvores que nos cercavam me disse que eram quase oito horas.

— Está quase na hora — disse Macey, como se tivesse lido os meus pensamentos. — Eles estão chegando. Os meus pais querem que eu fique com eles...

— É claro — concordei depressa.

— Durante o tour da campanha, quero dizer — concluiu ela.

Olhei para a minha amiga, esquecendo-me por um momento das dores na cabeça e nos músculos. Ela forçou um sorriso.

— Estamos dez pontos à frente nas pesquisas.

Eu não sabia o que dizer, então não abri a boca. Ficamos ali até ouvirmos as portas de correr batendo atrás de nós. Um minuto depois, um helicóptero surgiu no horizonte e mergulhou, suas hélices formando ondas no lago antes de aterrissar em algum lugar na floresta.

O vento ficou mais frio. Macey passou o braço bom em volta do próprio corpo e tremeu, mas não arredou o pé de onde estava.

O nome dela provavelmente estava em todos os noticiários do país. Não era difícil imaginar que, em Boston, uma sala repleta de funcionários do partido estivesse atarefada com discursos que tinham de ser reescritos e propagandas que deveriam ser reeditadas. A campanha tinha uma nova estrela — uma nova abordagem. Mas tudo isso parecia pertencer a outro mundo, então fiquei junto da minha amiga e, pela primeira vez, achei que Joe Solomon estava errado.

Eu não estava pior do que Macey McHenry.

Nem de longe.

Capítulo Cinco

Eu conheço os sons da minha escola: o estalido dos degraus e o rangido das portas, os sussurros durante a semana de provas finais, o caos no Salão Nobre antes do jantar. O primeiro dia de um novo ano tem um som peculiar: limusines viravam no caminho curvo e portas de carro batiam, malas trombavam nos corrimãos, e garotas se abraçavam, cumprimentando-se com vozes agudas.

Mas o primeiro semestre do meu penúltimo ano começou com um sussurro tão baixo que quase não ouvi.

— Macey trancou a matrícula por um semestre? — perguntou uma veterana a outra, as duas paradas no corredor em frente à biblioteca.

— Ouvi dizer que tiveram que amputar o braço dela e substituí-lo por um braço biônico que o Dr. Fibs desenvolveu em seu laboratório — disse uma aluna do oitavo ano quando cruzei a porta do salão de entrada.

Garotas Gallagher passam as férias espalhadas pelos quatro cantos do mundo, mas, este ano, todas voltaram após o verão com as mesmas perguntas. Então, continuei andando, vagando como uma sombra pelos corredores silenciosos, até que fiz uma curva e dei de cara com Tina Walters.

— Cammie! — gritou ela, e o meu nome ecoou na recente quietude da nossa escola. Ela passou os braços em volta de mim. — Você está bem! — declarou, mas depois reconsiderou: — Você está bem, não está?

— Sim, Tina, eu...

— Porque ouvi dizer que você matou um deles com um *button* da campanha?

Tina é uma adolescente, uma espiã em treinamento, e filha única de uma das maiores colunistas de fofoca do país, portanto não é de surpreender que ela tenha teorias malucas. Muitas delas. O tempo todo. Mas, naquele momento, me lembrei do terraço ensolarado. Vi as sombras das lâminas, senti as mãos que agarravam os meus ombros, e ouvi o grito de dor quando espetei o *button* da campanha Winters-McHenry na mão de alguém que usava um anel que eu tinha certeza de já ter visto.

— Cam? — gritou Tina, mas eu apenas balancei a cabeça.

— Sim, Tina. — Havia algo de estranho na minha garganta quando falei. — Foi mais ou menos isso.

E então me afastei.

Quando você é conhecida como Camaleão, às vezes pode parecer que toda a sua vida não passa de uma brincadeira de esconde-esconde. Felizmente, sou muito boa em me esconder. Infelizmente, as minhas melhores amigas são muito boas em me procurar.

— Cam! — gritou alguém nas sombras. — Sabemos que você está aqui.

A voz era suave e com um sotaque sulista, os passos tão leves que eu sabia que só havia uma pessoa pequena o bastante para rastejar sobre aquele assoalho em particular sem fazer barulho.

— *Ah, Cammie* — Liz praticamente cantou enquanto rastejava pelo velho corredor que (eu acho) um dia já havia sido parte importante da Underground Railroad e que, mais recentemente, tinha servido a um propósito secreto bem menos nobre.

— Achei que a encontraríamos aqui — disse uma voz diferente.

Minha outra colega de quarto abriu caminho para fora das sombras.

Se isso fosse possível, eu diria que Liz tinha ficado ainda menor, e Bex ainda mais bonita durante as férias. O cabelo louro de Liz estava quase branco por ter passado todo o verão ao sol. O sotaque de Bex estava mais forte, como sempre acontecia depois dela passar alguns meses com os pais na Inglaterra. (É claro que Bex jurou que tinha passado boa parte desse tempo fazendo vigilância com o MI6 num país africano que não podia ser identificado.) A pele escura brilhava e o cabelo estava mais longo do que no início das férias.

— Ainda não é um pouco cedo para se esconder, querida? O semestre nem começou direito... — Bex estava tentando implicar. Tentei sorrir.

— O que me denunciou? — perguntei.

— Padrões irregulares de poeira na entrada — disse Bex. — Você está ficando relaxada. — Mas então ela parou. Bex, a garota forte e corajosa, pareceu ter se horrorizado com o que tinha acabado de dizer. — Eu não quis dizer...

— Tudo bem, Bex — falei.

— Você *não foi* relaxada! — explodiu ela.

Então Liz tomou a palavra:

— Todos estão comentando como você foi ótima e que, se não estivesse lá...

Mas ela não concluiu, o que foi ótimo. Ninguém queria saber como a frase terminaria.

Bex se sentou em um dos caixotes emborcados que entulhavam a sala.

— Você a viu?

— Não desde o dia seguinte. Eles nos levaram à casa no lago do Sr. Solomon, mas depois ela voltou para junto dos pais.

— Ela *vai* voltar, não vai? — perguntou Liz.

— Não sei — respondi, dando de ombros.

— Quero dizer... eles não desejariam que ela ficasse com eles o tempo todo, não é? Eles não iriam querer ela aqui, onde estará segura?

— Eu não sei, Liz — disse, de modo mais ríspido do que pretendia. — Quero dizer... não sei se ela vai voltar — repeti mais suavemente. — Não sei quem tentou fazer aquilo nem por quê... Eu simplesmente não sei — sussurrei mais uma vez, e então desviei o olhar para uma minúscula janela redonda.

— Ela me convidou. — A voz de Bex rompeu o silêncio. — Antes da convenção, ela ligou para o nosso flat e me pediu que fosse até lá, mas os meus pais estavam em casa e eu... — Ela se interrompeu, acho que por não saber se querer ficar com os pais era um sinal de fraqueza. — Eu devia ter ido. — Ela não parecia estar com inveja por ter perdido uma boa briga. Em vez disso, suas palavras soaram culpadas.

— Eu também — disse Liz, sentada no chão empoeirado. — Quando ela me ligou, a minha mãe disse que eu poderia ir, mas eu só tinha mais alguns dias com os meus pais, então recusei o convite.

Concordei. Todas nós achamos que passaríamos a maior parte do ano juntas, mas, na vida — principalmente na vida de um espião —, o amanhã nunca está garantido.

E aí está a coisa mais importante que aprendemos durante as férias de verão.

— Tina Walters disse que os pais de Macey contrataram um ex-agente SEAL para se passar por um xerpa tibetano e escondê-la no Himalaia até o fim das eleições — contou Liz.

— Bem, Tina diz um monte de coisas. E geralmente está enganada — replicou Bex.

Então pensei quão perto da verdade Tina havia chegado com sua teoria do *button* de campanha; lembrei-me de que ela havia passado anos dizendo que havia uma escola de espiões para garotos, e todas nós achávamos que era um boato, até que, no último semestre, uma delegação do Instituto Blackthorne se mudou para a Ala Leste, a apenas poucos metros de onde estávamos sentadas agora.

Então olhei em volta, para o espaço empoeirado, e disse:

— Nem sempre.

Na última primavera, descobrir quem eram aqueles garotos e se eram ou não confiáveis tinha parecido a missão mais importante da nossa vida. Gráficos com relatórios de vigilância e padrões de comportamento ainda estavam alinhados nas paredes do nosso antigo quartel-general de operações, mas as fitas estavam começando a perder a cola. Os fios ainda se estendiam até a Ala Leste, um lembrete dos tempos em que os garotos do Instituto Blackthorne pareciam uma missão — quando as missões deveriam nos preparar para o mundo real; antes que o mundo real nos encontrasse num terraço de Massachusetts.

Liz deve ter seguido o meu olhar e lido os meus pensamentos, porque perguntou:

— Teve notícias de... você sabe... Zach?

Pensei nas imagens confusas que me vieram à mente antes de desmaiar e quase perguntei: "Alucinações depois de um golpe na cabeça contam?". Mas não fiz isso porque: A) eu poderia muito bem estar ficando louca; B) para uma Garota Gallagher, "loucura por garotos" pode ser o tipo mais perigoso de todas.

Então, em vez disso, me virei novamente para olhar pela janela e observei a longa fila de limusines descendo a autoestrada 10 e levando as minhas colegas de volta à segurança dos nossos muros.

Era a mesma cena que eu testemunhava havia anos: os mesmos carros, as mesmas garotas. Mas, no instante seguinte, tudo mudou completamente de figura. Vans — dezenas delas — pararam na autoestrada, derrapando no acostamento. Pessoas saltaram e começaram a ajustar antenas por satélite e equipamentos de TV. Um enxame de helicópteros sobrevoava a escola.

— Ai, meu Deus — murmurei, ainda paralisada, com Bex e Liz se amontoando ao meu lado na janela.

Olhei para as minhas melhores amigas quando sirenes começaram a soar, cortando a atmosfera calma e silenciosa: "ALERTA VERMELHO ALERTA VERMELHO ALERTA VERMELHO".

— O que isso significa? — gritou Liz.

Bex e eu apenas sorrimos.

— Macey está voltando.

Capítulo Seis

Não é preciso ser gênio pra saber que o mundo todo pode mudar numa questão de segundos, e, assim que corri para fora da passagem secreta e cheguei ao corredor do segundo andar, pude ver, ouvir e sentir a diferença. Durante dias, os corredores pareciam uma tumba. Mas agora, em vez do silêncio sepulcral, toda a escola estava pegando fogo (só que sem um incêndio de verdade, é claro).

Luzes vermelhas piscavam. À minha direita, um pôster anunciando a oportunidade de passar um semestre em Paris deslizou por cima de um display sobre técnicas de escrita em código usadas durante eras (o que, definitivamente, não era necessário, uma vez que, este mês, estava sendo anunciada tinta invisível).

Quando passamos pelo Departamento de Criptografia e Decodificação, vi a placa da porta virando-se com um movimento brusco e passando a identificar o Escritório de Contato com as Universidades da Ivy League.

Nossa escola estava se escondendo, usando seus disfarces com a mesma habilidade com que um agente secreto experiente o faria, e, enquanto Bex, Liz e eu corríamos contra a maré de alunas do oitavo ano que vinha em nossa direção para montar guarda do lado de fora do celeiro de Proteção e Cumprimento da Lei, não pude conter um sorriso. Afinal, fazia 364 dias que Macey tinha chegado ali em meio a um Alerta Vermelho. Parecia adequado que ela voltasse durante um.

Mas quando passamos correndo pelo Hall de História, vi a espada de Gillian Gallagher desaparecer dentro do estojo que guarda os nossos maiores tesouros, e então uma coisa me ocorreu: Macey não justificava um Alerta Vermelho.

Aquilo estava acontecendo por causa de Macey e *quem quer que estivesse vindo com ela.*

A porta do escritório da minha mãe se abriu com facilidade. Lá dentro, vi nossa diretora com uma expressão furiosa e usando seu melhor terninho.

— Acho que estamos prontos para as câmeras — disse ela.

Assim que entramos no escritório, ouvimos outras vozes.

— Agora o país espera ter o primeiro vislumbre de Macey McHenry, a moça corajosa que recentemente foi empurrada para os holofotes... e para o perigo.

(É óbvio que uma das precauções do Alerta Vermelho para fazer o escritório da diretora parecer o de uma escola normal é acrescentar um aparelho de TV.)

Bex zapeou pelos canais até que deparamos com uma imagem que fez com que todas nós congelássemos.

— E aqui estamos — disse uma correspondente alta ao microfone, enquanto passeava por um trecho familiar da autoestrada 10 —, em frente aos portões da Academia Gallagher para Garotas Superdotadas, para onde uma moça excepcional voltará muito em breve, após ter passado pelo incidente mais traumático de sua vida. E a pergunta que não quer calar é: Esses muros serão capazes de manter Macey McHenry em segurança?

As sirenes finalmente pararam. Minha mãe disse:

— Chegou a hora.

Certo, eis o que você precisa saber sobre escolas de espiões: a questão não é escondê-las. Não. Porque vamos encarar os fatos: escolas de espiões têm alunos; alunos têm pais; e os pais vão fazer perguntas. Segundo Liz, pais que não são espiões são realmente bons em perguntas óbvias como: "Onde exatamente *fica* a sua escola?". (É mais provável que pais *espiões* hackeiem o banco de dados do governo ou ponham um GPS em seus dentes ou algo do tipo.) De todo modo, você meio que precisa de uma escola de verdade para apresentar ao mundo; no entanto, como tudo o mais na minha vida, a minha escola não é exatamente o que parece.

Seguindo minha mãe pela escadaria em espiral, eu não podia evitar pensar que a nossa primeira linha de defesa estava prestes a ser posta à prova, porque, embora a Academia Gallagher nunca tenha sido exatamente escondida (afinal, é uma mansão muito chamativa), também nunca procurou estar sob os refletores.

Quando Gillian Gallagher transformou a casa de sua família numa escola onde moças poderiam aprender habilidades secretas que nenhum homem jamais poderia ensinar a elas, ela teve o bom-senso de não escrever "Academia Gallagher — Formando Agentes do Governo desde 1865" na porta de entrada. Em vez disso, considerou-a uma escola de aperfeiçoamento para as garotas mais notáveis. Nosso disfarce evoluiu com o tempo, mas a nossa missão tem se mantido a mesma: garantir que ninguém saiba quão notáveis realmente somos. O que, diga-se de passagem, é muito mais fácil quando não há dezenas de equipes de reportagem de canais nacionais filmando cada movimento nosso.

Ao chegarmos ao saguão, eu poderia jurar que todo o corpo discente prendeu a respiração quando minha mãe abriu as portas duplas e saiu.

Os raios quentes do sol nos iluminaram. Meu estômago roncou, e, por um instante, eu me perguntei o que o *chef* estaria preparando para o jantar de boas-vindas. Porém, quando vi grandes utilitários pretos cruzando os portões, perdi completamente o apetite.

— Serviço Secreto — sussurrou minha mãe para nós quando eles começaram a percorrer a entrada de veículos.

Eu me lembrava de que nem mesmo os protetores de Macey deveriam saber o que escondíamos dentro dos nossos muros.

Um homem que parecia muito eficiente, com alguns fios grisalhos espalhados pelo cabelo preto, saltou de um dos carros e caminhou até nós.

— Sra. Morgan? Sou o agente Hughes. Nós nos falamos ao telefone.

— Sim — respondeu minha mãe. — Você é o agente responsável pela segurança da família McHenry. É assim que se diz, não é? — perguntou ela, com uma das mãos no peito, como se aquele fosse um território absolutamente novo.

O homem sorriu e concordou.

— Sim, madame. Agora, não quero que a senhora se preocupe com nada. Os nossos agentes cuidarão da segurança da Srta. McHenry. Eles responderão a todas as suas perguntas e a manterão informada sobre o que o Serviço Secreto precisa da senhora. Ninguém espera que a senhora pense como uma agente profissional.

— Isso é um alívio... — disse minha mãe, no tom de voz mais crível e não irônico que eu já tinha ouvido.

(Será que já mencionei recentemente que a minha mãe é a MELHOR ESPIÃ DE TODOS OS TEMPOS?!)

— Oh, me desculpe — disse minha mãe, olhando do agente Hughes para nós. — Por favor, permita-me apresentar as colegas de quarto de Macey. Estas são Elizabeth Sutton, Rebecca Baxter e minha filha, Cammie.

Mas o agente Hughes não estava ouvindo. Estava ocupado demais me encarando — a garota que quase nunca é vista.

— Você estava no terraço? — perguntou ele, mas, na verdade, não era uma pergunta.

Ele se aproximou um passo; olhou de relance para a faixa na minha cabeça e depois me encarou:

— Não se preocupe com nada, minha jovem. Nós cuidaremos bem de todas vocês.

Concordei com um aceno de cabeça e desviei os olhos, pensando no meu disfarce: eu deveria estar assustada, cansada e pronta para deixar que outra pessoa defendesse Macey.

Então me lembrei de que os melhores disfarces sempre têm um fundo de verdade.

— E os muros cercam todo o pátio? — perguntou o agente Hughes enquanto percorríamos o *campus*.

— Sim — respondeu minha mãe.

— De acordo com o projeto, a senhora tem câmeras de segurança?

— Sim — respondeu ela calmamente. — Algumas.

(Na verdade, são 2.546, mas, por motivos óbvios, ela não revelou isso.)

— Bem — prosseguiu o agente —, estou certo de que o meu pessoal poderá lhe prestar consultoria sobre como... — Ele pareceu ponderar as palavras. — ...tornar as coisas um pouco mais rígidas.

— Sim — concordou minha mãe, lançando um olhar para mim, sua filha, a garota que há anos escapulia do esquema de segurança da Academia Gallagher. — Isso seria de *grande ajuda*.

Então o pânico tomou conta de mim. O Serviço Secreto tornaria as coisas "mais rígidas"?

— Como a equipe de reconhecimento lhe disse na semana passada, vamos plantar um dos nossos agentes com a Srta. McHenry.

O Serviço Secreto "plantaria" pessoas?

— Em tempo integral — acrescentou o agente Hughes. — Alguém que assistirá às aulas dela. Morará aqui. E a acompanhará aonde quer que ela vá.

O Serviço Secreto nos "acompanharia" aos lugares?

Olhei para Bex e para Liz e as vi engolir em seco, com o mesmo terror que eu sentia. A nossa escola havia nos preparado para muitas coisas, mas eu não sabia se algo teria nos preparado para aquilo.

Entretanto, as surpresas estavam apenas começando, porque a minha mãe sorriu e disse:

— É claro.

O agente deu alguns passos à frente, avaliando o nosso terreno, os nossos muros, a nossa vida. Ao fim de nossa longa (e altamente protegida) viela, antenas por satélite surgiam de novas caminhonetes, prontas para transmitir imagens para todo o mundo, e eu soube que o evento mais perigoso da história de nossa escola estava prestes a acontecer bem diante dos olhos daquele homem.

E não havia nada que qualquer um de nós pudesse fazer para impedir.

— Ah — disse o agente Hughes quando os portões se abriram para deixar entrar o último carro. — Bem na hora.

A limusine virou na entrada de veículos, mas, em vez de se aproximar da mansão, parou. Homens de terno preto saltaram, e eu me lembrei de como, um ano antes, um carro igual àquele trouxera Macey para nós. Como um *déjà vu*, o senador McHenry e sua esposa saltaram do banco de trás e ficaram de pé, emoldurados por nossos grandiosos portões de pedra.

Eu podia ouvir os repórteres a distância. Os flashes das câmeras pipocavam, apesar da luz do sol.

Então a porta do carro se abriu de novo.

E a sensação de *déjà vu* acabou.

Um ano antes, Macey havia saltado do banco de trás de um carro idêntico àquele, mas, desta vez, em vez de botas de combate, ela usava sapatos de salto alto quase iguais aos da mãe. A saia curta e o piercing de diamante no nariz haviam sido substituídos por calças pretas discretas, um suéter e uma tipoia.

A princípio, esperei que as roupas dela fossem a única diferença; mas mal reconheci a garota que permitiu que a mãe lhe desse um abraço apertado e que não protestou quando o pai pegou sua mão boa e ergueu seus punhos unidos para o alto.

Bex me lançou um olhar que dizia: *Tem certeza de que foi você quem levou um golpe na cabeça?*, mas eu apenas observei a família McHenry abrir caminho por entre as câmeras e perguntas dos repórteres em direção à escola. Em direção a nós. Pensei na menina que tinha chegado à escola no outono, na garota que havia saído de férias na primavera, e, por fim, na jovem que tremia diante do lago, e me perguntei qual de suas identidades secretas Macey usaria agora.

Enquanto eles se aproximavam, esperei que ela olhasse para mim e desse o sorriso travesso que dera do lado de fora da suíte de seus pais em Boston, mas, quando dei um passo à frente, um corpanzil vestindo terno preto se moveu para bloquear o meu caminho.

— Desculpe, senhorita — disse o agente do Serviço Secreto.

Era a primeira vez que qualquer um deles me via como uma ameaça, mas não achei que isso fosse um elogio.

Atrás de mim, ouvi a minha mãe dizer:

— Senador, Sra. McHenry, é um prazer vê-los novamente. Só lamento que seja nestas circunstâncias. — Ela fez um gesto indicando os portões da escola. — Os senhores gostariam de entrar?

No momento em que comecei a me sentir empurrada para fora da cena, a procissão parou. O senador da Virgínia deu um passo em minha direção e disse:

— Cammie?

Ele pôs as duas mãos no meu ombro, apertando-o com força.

— Obrigado — prosseguiu, e eu poderia jurar que ouvi a voz dele falhar.

Quando ele olhou nos meus olhos, não consegui me controlar: senti os meus lábios tremendo. A minha visão ficou embaçada. Foi fácil lembrar como era ter um pai ao ouvir o senador sussurrar:

— Sinto muito.

Esse teria sido o momento mais doce e sincero da história da família McHenry se a mãe de Macey não tivesse se virado para a filha e murmurado:

— Vá ao banheiro e passe corretivo nisso aí. — Ela apontou para o hematoma no canto do olho de Macey. — Sinceramente! Com tantas câmeras por perto, não há necessidade de parecer que andou arrumando encrenca na rua.

E o momento se perdeu. Simples assim.

Capítulo Sete

Há muitas coisas maravilhosas no jantar de boas-vindas.

1. Ouvir o que todo mundo fez durante as férias de verão (o que provavelmente é muito mais interessante numa escola em que há grandes possibilidades de as histórias incluírem tiroteios de verdade).

2. O fato de que, mesmo que a Vovó Morgan faça a melhor galinha e as melhores almôndegas do mundo, nosso *chef* trabalhava na Casa Branca, e, às vezes, tudo de que uma garota precisa é um pouco de *crème brûlée*.

3. Fofoca.

Mas, nessa noite, os itens 1 e 2 não eram páreo para o 3. De jeito nenhum.

— Então, Cammie — começou Tina Walters enquanto se enfiava no banco à minha frente, fazendo com que Liz e Anna Fetterman se espremessem —, ouvi dizer que você mandou três deles para o hospital.

— Tina, não foi bem assim... — respondi com um suspiro.

Eva Alvarez estava tentando assinar no gesso de Macey, o que era difícil, porque o coordenador da campanha não queria que nada competisse com o grande adesivo Winters-McHenry colado no antebraço dela. Bex estava cortando um dos pãezinhos da cesta no centro da mesa (embora os professores ainda não tivessem entrado e comer antes disso pudesse implicar punição de morte — ou, pelo menos, uma quantidade considerável de dever de casa extra na aula de Cultura e Assimilação se Madame Dabney a pegasse).

— E, Macey — Tina se virou para a garota ao meu lado —, há rumores de que *você* teria um compromisso com um certo filho de candidato.

E, com isso, tudo voltou a ficar silencioso.

Toda a turma de calouras se virou e ficou olhando, mas eu continuei fazendo exatamente a mesma coisa: analisando Macey. A garota esnobe que chegou à escola um ano antes teria rido; a garota que havia cursado dois anos de criptografia avançada em apenas nove meses teria revirado os olhos; mas aquela garota ao meu lado apenas disse:

— Alguém está precisando de fontes mais confiáveis.

Era a primeira vez que ela falava, e algo no tom de voz dela me fez pensar se a garota no lago teria ou não desaparecido para sempre.

— Vocês acham que nós vamos ter que passar o semestre inteiro em Alerta Vermelho? — perguntou Anna Fetterman, sem tentar disfarçar o medo na voz.

Minhas colegas de quarto e eu nos entreolhamos, com a cena que havíamos testemunhado do lado de fora estampada em nosso rosto.

— Bem, eles destacaram *mesmo* uma equipe do Serviço Secreto para ficar com vocês em tempo integral, não foi? — perguntou Tina.

Macey concordou.

— Talvez o Serviço Secreto... tipo... — Liz hesitou e então baixou a voz para sussurrar: — *saiba.*

Mas tudo em que eu conseguia pensar era nos agentes que haviam me interrogado em Boston, nas mentiras que eu já precisei contar para guardar o nosso segredo.

— Minha mãe não... — comecei. — Ela não concordaria com isso.

— Mas seria um excelente teste, não? — sugeriu Bex.

Pelo tom de a voz dela, eu podia jurar que ela já estava ansiosa pelo desafio — a ideia de trazer o mundo exterior para dentro dos nossos muros, o perigo, o risco, a chance de deixar um agente do Serviço Secreto dos Estados Unidos inconsciente em algum momento ao longo do semestre.

— E se houver um agente jovem? E se houver um agente do sexo masculino? — emendou Courtney Bauer, entrando na conversa. — Todos os caras do Serviço Secreto não são gatos?

— Eles são bonitinhos — disse Macey indiferente, como se já tivesse visto melhores (e tenho certeza de que tinha visto mesmo).

— E se ele for *gato como o Sr. Solomon*? — comentou Anna, corando em seguida.

Por mais que eu quisesse participar daquilo e me sentir animada com a possível chegada de um novato (gato), tudo em que conseguia pensar era que já havia riscos demais. Lembrei-me do frio que sentia na barriga quando o elevador nos levou ao terraço em Boston. Eu poderia ter acabado com aquilo naquele momento. Se eu estivesse focada, se a minha cabeça estivesse em outro lugar que não em um certo garoto, a minha escola e a minha irmandade ainda estariam em segurança. Mas, em vez disso, uma geração de gênios estava sentada à mesa de jantar roubando pãezinhos e discutindo bíceps hipotéticos de uma pessoa que poderia comprometer todo o nosso estilo de vida (e se ele levaria ou não um tiro para proteger Macey se fosse preciso).

De repente, as portas no fundo do salão se abriram e minha mãe apareceu, liderando nossos professores até o centro do enorme aposento.

Vi a nova aparência do Sr. Smith, o professor de Países do Mundo, que é um dos agentes do governo mais paranoicos que existem e prova isso mudando completamente de rosto todos os anos durante as férias. Ouvi mais de uma adolescente murmurar algo ao ver que, este ano, o novo rosto do Sr. Smith era... bonito.

E então o silêncio tomou o ambiente, porque os nossos professores não estavam sozinhos.

Os pais de Macey estavam cruzando a porta, acenando e cumprimentando as alunas, seguidos por um agente do Serviço Secreto. Tenho certeza de que, se houvesse algum bebê ali, o senador o teria beijado.

Há um monte de coisas assustadoras em ser uma Garota Gallagher, mas ver pessoas que não são da escola entrando nela está no topo da lista. Então eu soube que estávamos voltando para uma escola completamente diferente.

— Oh! — exclamou Liz ao meu lado.

De olhos arregalados, ela observava os pais de Macey cumprimentarem nossa professora de Cultura e Assimilação, Madame Dabney.

Do outro lado da mesa, Bex forçou um sorriso e sussurrou:

— Teste surpresa?

— Sejam bem-vindas de volta, senhoritas — disse minha mãe, na frente da sala. — Posso dizer com toda a sinceridade que nunca me senti tão feliz por ter todas vocês aqui... — Ela fez uma pausa e seu olhar percorreu a sala, que ficou repentinamente mais escura com o sol se escondendo no horizonte. Se eu não a conhecesse tão bem, poderia jurar que ouvi sua voz dizer quando concluiu: — Sãs e salvas.

Ninguém disse nada. Ninguém riu nem fez piada. O que aconteceu com Macey (e comigo) não tinha sido uma história extravagante que trazíamos das férias. Tinha sido real. E ninguém tinha mais vontade de rir.

— Como vocês sabem, todo o mundo está de olho na Academia Gallagher — prosseguiu minha mãe.

Não pude deixar de olhar para os McHenry a fim de ver se eles entendiam a mensagem secreta da minha mãe, mas eles continuavam gesticulando do modo sombrio, que deve ser característico das pessoas que têm seus nomes numa cédula.

— Temos que aprender e perseverar. Devemos ser cuidadosas e corajosas. E, acima de tudo — neste exato momento, pareceu que centenas de garotas se empertigaram, literalmente se apresentando para o desafio —, temos que proteger a nossa irmandade. — A voz da minha mãe soou um pouco mais forte quando concluiu: — E as nossas irmãs.

Não sei exatamente quantas Garotas Gallagher estão espalhadas pelo mundo, na ativa. Centenas. Milhares. Nós nos infiltramos na sociedade e fazemos o nosso trabalho sem receber sequer um "obrigado", e sem esperar elogios. Posso ser o Camaleão, mas, na verdade, toda Garota Gallagher de certo modo tem que ser invisível. Mas agora estávamos sob os holofotes.

— Todos esperam algumas coisas de nós — prosseguiu minha mãe —, e, por isso, teremos algumas mudanças neste semestre.

Um leve murmúrio percorreu o grupo de alunas.

— *Todas* as aulas acontecerão na segurança da mansão principal.

O senador McHenry concordou com um gesto de cabeça, como se aquela lhe parecesse uma boa ideia, sem entender realmente *quão* boa era, considerando que um *paparazzo* com uma lente teleobjetiva teria algumas perguntas a fazer se visse uma adolescente treinando um perfeito Forenstyl Flip num funcionário da manutenção que pesa 130 quilos.

— Além do mais, no que diz respeito à nossa aluna mais célebre no momento, estamos aplicando uma rigorosa política de *nada a declarar* — continuou minha mãe. — Preparem-se, senhoritas. As pessoas vão querer saber como Macey está lidando com a situação. — Olhei para a garota ao meu lado, querendo saber a mesma coisa. — Mas ninguém vai ouvir isso de nós.

Garotas Gallagher guardam segredos — é isso o que fazemos. E essa missão nunca me pareceu tão pessoal.

— E talvez a maior mudança de todas — disse minha mãe devagar; senti todas as garotas se inclinando em sua direção — neste semestre, vamos receber em nossa escola um funcionário da equipe de segurança dos McHenry, para garantir a proteção de Macey.

Não posso jurar que isso realmente aconteceu, mas acho que, por um segundo, os olhos dela pousaram em mim.

— A segurança de Macey *não* vai mudar a nossa metodologia de ensino. Finalmente, vamos dar as boas-vindas à agente Abigail Cameron.

O salão à minha volta ficou barulhento e movimentado, mas, na minha cabeça, as coisas ainda estavam silenciosas e lentas. Uma mulher de cabelo preto comprido e lindos olhos verdes apareceu nos fundos da sala.

— A agente Cameron é formada pela Academia Gallagher e, por isso, é *especialmente* qualificada para garantir a Macey toda a segurança possível — explicou minha mãe.

Por ter passado metade do último semestre aprimorando minha habilidade de leitura labial, sei que o salão era um coro de: "Uau, ela é linda!" e "Ei, quem é essa?".

Sei que todas as Garotas Gallagher no Salão Nobre olhavam para a mulher que atravessava o aposento e pensavam: *Ela é nossa irmã*. Mas eu, não. Tudo o que pude fazer foi olhar para ela e sussurrar:

— Tia Abby?

Capítulo Oito

Quando você passou quatro anos morando com certa agente secreta britânica em treinamento, que adora simular ataques espontâneos e manobras de defesa pessoal enquanto você está escovando os dentes, é bem difícil alguém conseguir te pegar com a guarda baixa. Portanto, gosto de me considerar o tipo de pessoa que consegue manter uma expressão neutra diante de qualquer coisa. Ou... bem... de quase qualquer coisa.

Tentei me lembrar da última vez que tinha visto a irmã da minha mãe: eu não a via desde antes de a mamãe ter deixado a CIA, desde antes de eu ter começado a estudar aqui. Desde antes de... papai. E ali estava ela, a seis metros de distância e se aproximando.

O cabelo estava mais comprido do que eu me lembrava, abaixo dos ombros. Ela ainda era magra e atlética, mas, de algum modo, parecia mais baixa, e então, como sou um gênio, percebi que talvez eu é que estivesse mais alta.

— Ei, Cam — sussurrou Bex, cutucando as minhas costelas. — Cameron não era o nome de solteira da sua mãe?

— É — sussurrei, como se aquilo não passasse de uma grande coincidência.

Estudei todos os movimentos da minha tia enquanto ela caminhava por entre as mesas. Ela era a personificação daquilo que todas as garotas naquela sala queriam ser quando crescessem.

— Ela parece um tanto... familiar — disse Liz, e quase pude ouvir a mente dela trabalhando, as engrenagens se movendo, como se o rosto da minha tia fosse um código que ela tentasse decifrar.

Então Abby piscou para mim e, para Bex, todas as peças se encaixaram.

— Não pode ser! — Ela olhava da minha tia para a minha mãe como se quisesse memorizar cada detalhe da semelhança genética. — Ela é sua tia...

— Shhh! — sussurrei, para que ela se calasse.

Afinal, Tina Walters estava a apenas cerca de um metro de distância; os McHenry e o agente Hughes estavam na frente da sala; havia pelo menos uma dúzia de motivos para que aquele não fosse o melhor momento de discorrer sobre toda a árvore genealógica da família Cameron, e o fato de eu já ser mais famosa por ali do que qualquer camaleão teria o direito de ser.

Minha mãe era a diretora.

Tive uma relação (mais ou menos) ilegal com um garoto normal que destruiu (literalmente) o meu teste de Operações Secretas em dezembro.

E, da última vez que muitos integrantes do corpo discente me viram, eu estava beijando um garoto de uma escola rival de espiões no meio do corredor durante a semana de provas finais!

Eu *não* era mais invisível. E algo me dizia que ter a minha tia liderando a equipe de segurança de Macey não melhoraria a situação. Nem um pouco. Porque, embora eu não a visse há anos, estava certa de que Abby não era nada invisível.

— Cam... — A voz de Liz soou baixinho. — Parece que você viu um fantasma.

Tia Abby finalmente chegou à frente do salão e eu simplesmente me sentei ali sentindo como se... realmente tivesse visto um.

Perguntas que Eu Nunca Mais Queria Voltar a Ouvir Depois Daquela Noite

1. Zach ligou/escreveu/invadiu a casa dos meus avós e implantou uma escuta ali durante as férias de verão? (Porque a resposta era não.)

2. Eu sabia que as emissoras de TV só haviam mostrado uma parte do vídeo do ataque em Boston e que era justamente a parte em que a minha saia levantava? E muito! (Porque, infelizmente, a resposta era algo que eu não podia esquecer.)

3. Eu achava que o novo rosto do Sr. Smith o deixava meio... gato? (Porque *Smith* e *gato* eram duas palavras que eu nunca gostaria de ouvir na mesma frase.)

4. Onde a tia Abby trabalhava? (Porque eu não sabia.)

5. O que a tia Abby fazia? (Porque eu não tinha a menor ideia.)

6. Por que uma agente no auge da carreira sairia de campo para cuidar da segurança de Macey quando agentes bem mais experientes teriam aberto mão de tudo para manter um deles em segurança? (Porque eu não queria pensar nisso.)

— Ora, vamos, Cam... — implorou Liz na manhã seguinte, quando a falta de informações privilegiadas enfim começou a pesar sobre ela. — Ela é a sua *tia*. Você tem que saber alguma coisa.

Simplesmente dei de ombros.

— Liz, ela é uma agente secreta de alto escalão... Você sabe como a coisa funciona.

Liz me encarou com olhos inexpressivos, mas Bex balançou a cabeça. Afinal, os pais dela trabalhavam para o MI6, então *ela* sabia. Melhor do que ninguém.

— Você acha que ela vai dar aula? — Liz segurava seu projeto de créditos extras do Sr. Mosckowitz como se a vida dela dependesse disso (porque, quando você é Liz, sua vida meio que depende disso mesmo). — Tentei acessar o sistema de Langley, e tudo sobre ela era confidencial. Quero dizer, confidencial *mesmo*... — Ai! — gritou minha amiga.

Não tenho certeza de como ela conseguiu isso, mas Elizabeth Sutton, talvez a Garota Gallagher mais inteligente de todos os tempos, tinha cortado o próprio queixo com um clipe de papel.

Bex riu. Liz sangrou (mas só um pouco). O meu estômago roncou, e senti o meu relógio interno tiquetaqueando de novo e dizendo que estava na hora, então peguei minha bolsa e falei:

— Vamos. Não seria legal chegarmos atrasadas.

Eu já estava no corredor quando percebi que estava faltando alguém.

— Macey! — gritei, abrindo a porta do banheiro. — Estamos indo para... — Mas não pude terminar.

Porque Macey McHenry, a garota com uma aparência tão perfeita que faria uma top model se sentir inferior, estava trocando de roupa *no banheiro*. E então vi por quê.

Um hematoma cobria toda a lateral do corpo dela — manchas esverdeadas que escureciam até se tornarem roxas. O cotovelo ainda estava inchado, do dobro do tamanho normal. Eu não precisava ouvi-la gemer para saber quanto aquilo doía; ainda assim, a expressão no rosto dela dizia que o fato de eu ter testemunhado sua fragilidade era a coisa mais dolorosa de todas. O orgulho de Macey era a única coisa que tinha permanecido ilesa, e ela o protegeria até a morte.

— Cam! — gritou Bex do lado de fora. — Estamos com fome!

— Vão na frente — respondi, meus olhos ainda fixos no reflexo de Macey no espelho. — Macey não vai me deixar sair sem delineador.

Deve ter sido uma mentira plausível, porque a porta se fechou. O ambiente ficou silencioso, e então Macey se virou.

Sem dizer nada, ela esticou o braço para mim, e deslizei a manga da camisa dela pelo gesso em seu braço. Ela se virou de novo para o espelho e, sem olhar para mim, disse:

— Ninguém sabe.

Bex teria achado legal. Liz calcularia a quantidade exata de força para causar tantos danos. Ferimentos como aquele geralmente garantiam crédito extra de uma semana de P&CL. Mas Macey não queria saber de nada disso.

E estava tudo bem, porque eu também não queria dizer nada disso.

Então eu a ajudei a vestir a suéter do uniforme me perguntando:

7. Eu achava que Macey estava bem? (Porque parecia que só eu estava fazendo essa pergunta.)

Em algum momento durante a noite, a nossa escola tinha voltado a ser ela mesma. O Alerta Vermelho havia terminado. O senador e seu séquito tinham ido embora. Estantes e quadros tinham se virado de novo e, no Hall de História, a espada de Gilly brilhava em seu estojo.

Tudo parecia correto. Tudo parecia normal. Então ouvi uma voz que não escutava havia muito tempo dizer:

— Ei, Esguicho.

A minha mãe me chama de filhota. Os meus amigos me chamam de Cam. Zach me chamava de Garota Gallagher. Mas nenhum apelido jamais havia tido o mesmo efeito sobre mim do que "Esguicho". De repente, tive vontade de me virar muito, muito depressa e comer algodão doce até passar mal. Mas eu simplesmente disse:

— Oi.

— Alguém cresceu.

— Tenho 16 anos — falei, o que devia ser a coisa mais idiota a dizer, mas não pude evitar. Até os gênios têm o direito de agir como idiotas de vez em quando. Senti Bex e Liz vindo do Salão Nobre para ficar ao meu lado. — Pessoal, esta é... — Ergui os olhos para ela, me perguntando como ela podia parecer exatamente igual quando quase tudo na minha vida tinha mudado. — Tia Abby? — Pronunciei como se fosse uma pergunta, mas não era.

Minha tia se virou para Bex e disse:

— *Você* deve ser uma Baxter.

O rosto de Bex se iluminou. Não importava que as duas nunca tivessem se visto. A minha tia não esperou ser apresentada. O que não era um problema — Bex nunca esperava nada.

— Como vai o seu pai?

— Ele está ótimo — respondeu Bex, com um sorriso.

Abby piscou.

— Por favor, diga a ele que Dubai no Natal não tem nenhuma graça sem ele.

Ao meu lado, eu quase podia ouvir a mente de Bex fugir do controle, conjecturando sobre Dubai em dezembro. Mas Abby não deu mais detalhes; apenas se virou para Liz.

— Oh! — exclamou ao olhar o corte no queixo da minha amiga. — Foi um clipe?

Os olhos de Liz se arregalaram ainda mais.

— Como você sabe?

Abby deu de ombros.

— Já vi de tudo.

Pensei na cabana do Sr. Solomon. Sempre que ele e a minha mãe falavam das coisas que tinham visto e feito, eu queria fugir dos detalhes da vida deles. Mas, quando Abby falou, absorvemos cada palavra.

— Fibs ainda tem aquele estoque de protótipos de NovaPele no laboratório? — perguntou minha tia.

— Isso não é um pouco... — começou Liz — ...forte? (O que meio que era um eufemismo, pois eu sabia que a Academia Gallagher tinha desenvolvido a NovaPele depois que uma aluna do oitavo ano caiu num barril de nitrogênio líquido.)

Abby deu de ombros e disse:

— Não se você misturar com um pouco de babosa. Esfregue um pouco da mistura no machucado e não vai ficar nenhuma cicatriz.

— Sério? — perguntaram Bex e Liz, exatamente ao mesmo tempo.

Abby se inclinou mais para a luz.

— Este parece o rosto de uma mulher que sobreviveu a uma briga de facas em Buenos Aires?

Todas as garotas no saguão (àquela altura já havia algumas) se esticaram para olhar para a pele perfeita de porcelana.

— Essa não é uma boa ideia, Srta. McHenry — disse minha tia, assustando suas admiradoras.

Virei-me e vi Macey se dirigindo para a porta da frente, e percebi que Abby tinha sentido a presença dela sem nem ao menos se virar. E, com a mesma rapidez, sua pele deixou de ser a coisa mais impressionante nela.

— Não tomo café da manhã — disse Macey. (O que era mentira, mas eu não disse nada.) — Vou dar uma volta.

Ao som das palavras "café da manhã", as garotas no saguão pareceram se lembrar de que tinham passado o verão inteiro sem os *waffles* belgas do nosso *chef*. Elas se afastaram, uma a uma, até que só ficamos eu, minhas três melhores amigas e a mulher que havia me ensinado a usar uma corda de pular para imobilizar um homem quando eu tinha apenas 7 anos.

Ela se aproximou de Macey.

— A divisão de segurança viu dois helicópteros nos arredores esta manhã... provavelmente *paparazzi* tentando conseguir algumas fotos suas... Mas, até termos certeza disso... — Ela deslizou, colocando-se entre sua protegida e a porta. — Você não pode sair. Lamento. — Acrescentou essa última parte como se fosse um pensamento tardio.

— Não é para isso que *você* está aqui? — Macey a lembrou, avançando na direção da porta, mas Abby bloqueou seu caminho.

— Na verdade, é por isso que estou *aqui*. — Abby apontou para os próprios pés e se recostou na porta.

Teria sido um gesto casual para outra pessoa, em outro lugar. Mas, quando olhei da minha tia para Macey, percebi que as duas eram fortes. Inteligentes. E estavam habituadas a ser a garota mais bonita do pedaço. Da última vez que tive aquela sensação, estava no laboratório do Dr. Fibs e a situação envolvia duas substâncias químicas potentes, voláteis e que realmente não deviam ser colocadas juntas sob pressão.

— Regra número 1, senhoritas — disse minha tia. — Sejam negligentes... e serão pegas.

Quando ela se afastou, Bex agarrou o meu braço e sussurrou:

— Meu Deus, ela é incrível!

Então, sem se virar, Abby disse:

— Meu Deus, eu sei.

O resto da manhã transcorreu como um borrão.

Macey estava na turma do penúltimo ano em Países do Mundo, sentada bem ao meu lado, enquanto o Sr. Smith passava 45 minutos discursando sobre os prós e contras de fazer cirurgia plástica nas clínicas aprovadas pela CIA. (É claro que o trabalho é de altíssima qualidade, mas, como tecnicamente elas não "existem", a burocracia com o seguro-saúde é um pesadelo!)

Madame Dabney fez uma agradável e relaxante revisão de assuntos básicos: ou seja, identificar todos os itens de um lugar à mesa com 20 utensílios (e os melhores métodos para usar cada um deles como uma arma).

As coisas pareciam perfeitamente normais quando começamos a descer a escadaria e Liz se dirigiu para o laboratório do Dr. Fibs no porão.

— Até mais — disse ela, o que era normal.

Eu já tinha me acostumado com a ideia de Liz estar destinada a uma vida de pesquisas e planejamento de operações enquanto Bex e eu éramos treinadas para o trabalho de campo.

— Vejo vocês no almoço — disse Macey, e só então me lembrei de que, academicamente falando, ela ainda estava atrás de nós.

Enquanto ela se encaminhava para a sala do Sr. Moscowitz, para a aula de criptografia dos calouros, Bex e eu atravessamos a pequena passagem abaixo da escadaria e paramos diante de um espelho de moldura dourada. Um feixe de laser muito fino escaneou nosso rosto, lendo nossa retina. Os olhos da pintura atrás de nós piscaram uma luz verde e o espelho deslizou para o lado, revelando o elevador de acesso às salas de aula mais secretas da escola mais secreta do país.

Mas eu não estava com pressa. Não estava pensando em testes surpresa nem na aparência do Sr. Solomon naquela vez em que estávamos fazendo exercícios de reconhecimento de território e ele tinha enrolado as mangas da camisa.

Eu apenas falei:

— Bex? — E esperei que minha amiga respondesse.

— O que foi?

— Estou preocupada com a Macey.

— Por quê? — perguntou Bex, pressionando a palma da mão contra o vidro do lado de dentro do elevador. — Ela me parece bem.

Pus a minha mão ao lado da de minha amiga.

— É isso o que me preocupa.

Bex é negra, eu sou branca. Ela é linda, eu sou comum. Ela cresceu em Londres, eu passei todos os verões numa fazenda no meio do nada. Ela nasceu para brigar, eu nasci para me esconder. Mas o modo como ela me olhou me fez lembrar que Bex e eu somos parecidas em todos os aspectos que importam.

— Sei de uma coisa que vai fazer você se sentir melhor — disse ela.

— O quê? — perguntei, quando o elevador começou a se mover.

A minha mão ficou muito quente e eu a tirei do vidro. Uma luz estranha, diferente de tudo o que eu já tinha visto, encheu o espaço à nossa volta, e, em meio a um misterioso brilho roxo, minha amiga sorriu.

— Você está prestes a conhecer o Subsolo Dois.

Capítulo Nove

Quando você é a primeira Garota Gallagher desde os tempos da própria Gilly a descobrir e usar uma passagem secreta atrás do corredor do terceiro andar contendo moedas do movimento confederado sulista que valem um milhão de dólares, talvez comece a pensar que a mansão Gallagher já não pode mais surpreendê-la.

Mas estaria enganada.

O elevador parou. Eu sabia que as portas estavam prestes a se abrir e revelar o lugar mais secreto que já tínhamos visto. Prendi a respiração, esperando. Então, de repente, o elevador deu um solavanco para trás, nos jogando contra a porta.

— Cam — disse Bex, enquanto descíamos rapidamente pelo menos mais uns 30 metros —, isso deveria... — começou ela, mas, de súbito, nós despencávamos de novo.

Enfim, paramos. Uma voz mecânica soou no elevador: "AMOSTRA DE DNA, POR FAVOR". Uma pequena abertura surgiu na caixa de aço inoxidável. Era exatamente do tamanho de um dedo, então estiquei a mão para tocá-la.

— Ai! — gritei.

Um pequeno alfinete havia me espetado. Então ele desapareceu e um outro, novo, o substituiu. Uma gotinha de sangue se formava na ponta do meu dedo.

— Nem pensar! — disse Bex, balançando a cabeça enfaticamente. (E foi assim que descobri que a garota que se gabava de certa vez ter enfrentado um traficante de armas numa luta de espadas no Cairo durante o recesso escolar da primavera na verdade tinha medo de agulhas.)

"AMOSTRA DE DNA, POR FAVOR", a voz voltou a pedir, e, desta vez, soou um pouco mais impaciente, então Bex pôs o dedo na abertura no exato instante em que o elevador parou.

As portas se abriram... e eu soube que nada no Subsolo Um tinha me preparado para o Subsolo Dois.

Fazia quase um ano que Bex e eu tínhamos visto o Subsolo Um pela primeira vez. Lá, as paredes eram de aço inoxidável e vidro temperado. Nossos passos ecoavam. Eu sempre levava um casaco. Tudo lá era frio e moderno; era como entrar no futuro — no nosso futuro. Mas entrar no Subsolo Dois... não era assim.

À minha volta, as portas de outros elevadores estavam se abrindo; outras garotas com os dedos sangrando pisavam nas largas tábuas de carvalho, que rangiam.

O teto era um quebra-cabeça de pedras grossas e vigas pesadas, e, quando estiquei os braços para tocar as paredes de pedra, percebi que não havia fendas. Nenhuma argamassa. Apenas uma quantidade incalculável de limo e terra nos separando do mundo lá fora.

Minhas colegas se moveram e se viravam, muito ocupadas analisando aquele espaço mal iluminado para reparar no homem que saiu das sombras e disse:

— Bem-vindas ao Subsolo Dois. — Ele se virou e começou a descer por um declive suave, nos guiando por uma espiral. — Recomendo fortemente que vocês prestem atenção, senhoritas — aconselhou o Sr. Solomon. — O primeiro dia aqui é o último em que terão um guia.

Corredores surgiam como galhos da passagem em espiral, formando um labirinto de pedra. Passamos por portais em arco, e a inclinação ficou mais íngreme. Um corredor largo estava identificado apenas como DEPÓSITO, mas as portas que se alinhavam ali estavam marcadas com todo tipo de coisa, como: B, BANDEIRAS FALSAS; H, HITLER, TENTATIVAS DE ASSASSINATO. Sempre ouvi falar de segredos guardados em pedras, mas, até aquele momento, eu nunca os tinha visto com meus próprios olhos.

Andamos pelo que pareceram cinco minutos. O ar à nossa volta estava úmido e frio, e algo me dizia que, não importava se fosse o auge do inverno ou do verão, a temperatura jamais variava mais de três graus.

Então, Joe Solomon finalmente parou. Quando passamos para um piso de pedra maciça, olhei para trás, para a passagem em espiral — para os corredores que saíam dela como um labirinto —, e senti pena do agente inimigo que fosse estúpido o bastante para tentar entrar nesse andar de informações secretas. E finalmente sorri, imaginando o que poderia haver no Subsolo Três.

— Operações Secretas — disse o Sr. Solomon, atravessando portas duplas e entrando num cômodo duas vezes maior que a biblioteca da mansão acima de nós.

Lá dentro, um mezanino contornava a sala, e mesas antigas de madeira estavam dispostas em forma de U.

— O Serviço Secreto — começou nosso professor, enquanto toda a turma de OpSec corria para as cadeiras — é uma vida de estar sempre onde não deveria, fazendo o que não deveria.

Havia uma cadeira de madeira na frente da sala, mas, em vez de se sentar, ele se apoiou com as duas mãos nas costas do móvel. Aquela era a primeira coisa na aula de Operações Secretas que me pareceu familiar.

— Tem a ver com se infiltrar, senhoritas. — Ele correu os olhos pela sala. — E, o que é ainda mais importante: conseguir sair.

Pensei em hotéis e dutos de ventilação e, por um segundo, a minha cabeça doeu. Eu me senti um pouco tonta quando o nosso professor disse:

— O processo de se desinfiltrar é definido por dois fatores, Srta. Baxter. Quais são eles?

— Acontece em território hostil — começou Bex.

— Correto — disse o Sr. Solomon, dando um passo à frente.

Ele escreveu a resposta de Bex num antigo quadro-negro móvel que ficava na frente da sala.

— Esta é uma das características. Srta. Fetterman, qual é a segunda?

Enquanto esperávamos a resposta de Anna, ouvi o ruído do giz contra o quadro. Tudo ali parecia mais alto, sobretudo a voz clara e viva que disse:

— Ninguém nunca fica sabendo.

Todas as cabeças se viraram. Nunca vi ninguém controlar uma sala com menos esforço do que tia Abby ao perguntar:

— Você me ligou, Joe?

Ai. Meu. Deus.

Talvez fosse a espiã dentro de mim… ou a garota... ou a *sobrinha*... Mas, quando tia Abby pôs a mão no quadril, eu poderia jurar que ela estava fazendo algo que nunca imaginei que uma Garota Gallagher fosse capaz de fazer: flertar com Joe Solomon!

— Agente Cameron — disse ele. — Fico feliz que tenha podido se juntar a nossa turma júnior... — Ele gesticulou para nós.

Tia Abby acenou com dois dedos e cumprimentou:

— Olá, garotas.

— Estávamos começando a falar sobre desinfiltração. — Ele largou o giz no aparador do quadro-negro e bateu as mãos duas vezes, para tirar o pó. — Achei que você poderia fornecer uma perspectiva inigualável sobre o assunto.

— Oh, Sr. Solomon — disse tia Abby com um sorriso —, você sabe fazer uma garota se divertir.

Ela contornou nossas mesas em forma de U, observando as paredes, as estantes de livros e tudo o mais que havia no Subsolo Dois; então percebi que, enquanto eu via aquele lugar pela primeira vez, minha tia o estava *revendo* depois de um longo tempo. Perguntei a mim mesma se ele pareceria diferente, depois de tudo o que ela havia aprendido desde que saiu da escola.

— Como eu estava dizendo — continuou o Sr. Solomon —, desinfiltrações são críticas. E difíceis...

— Principalmente em Istambul — acrescentou tia Abby, baixinho, fazendo o nosso professor rir.

Parecia uma piada interna, só que esse é o tipo de coisa que espiões não fazem! Há informação "interna" demais, e é exatamente assim que as mantemos. Mas a coisa mais doida não era o fato da tia Abby ter feito uma brincadeira... Nem mesmo o fato de ela estar flertando. O que era mais estranho é que eu tinha certeza de que sorrir e dar risadinhas era o jeito de o Sr. Solomon retribuir o flerte!

Ali estávamos, numa caverna de pedras e segredos, e, ainda assim, parecia que a minha tia havia trazido o sol com ela, iluminando um lado do meu professor que eu nunca tinha visto.

Pela primeira vez em semanas, a minha cabeça não estava doendo e Boston era apenas uma cidade em Massachusetts.

Eu ficaria feliz de me sentir assim o dia inteiro — a semana inteira. O ano todo. Mas então as luzes se apagaram. Na escuridão da sala, um velho projetor entrou em funcionamento, e uma imagem cruzou o espaço, projetando-se numa parede.

— Tenho certeza de que todas vocês já viram isso antes — disse o Sr. Solomon. Mas eu não tinha visto. Um calafrio percorreu a minha espinha quando percebi... eu tinha vivenciado aquilo.

Toda a turma pareceu prender a respiração enquanto o filme era mostrado por outras câmeras, sob outros ângulos, por diferentes equipes de reportagem. Durante dias, partes da gravação haviam sido mostradas repetidamente em todas as emissoras do país, mas, como em quase tudo o que nós, Garotas Gallagher, fazemos, havia muito mais naquela história, e agora estávamos vendo a versão sem cortes.

— O que estou prestes a lhes mostrar é quase um exemplo didático da desinfiltração de um território ocupado em plena luz do dia.

Achei que o Sr. Solomon fosse olhar para mim. Eu esperava que a minha tia fosse perguntar se eu estava bem. Queria que alguém reconhecesse que aquilo não era uma lição, e sim o dia mais difícil da minha vida. Mas a única mudança na voz do nosso professor foi uma pausa repentina antes de acrescentar:

— Para a nossa sorte, não funcionou.

Então entendi que não estávamos ali para ver o que Macey e eu tínhamos feito corretamente. *Não* éramos profissionais experientes naquele terraço. Éramos apenas duas garotas que tiveram sorte; e sorte não é uma habilidade que possa ser aprendida.

Partículas de poeira dançavam sob a luz do projetor. Em nenhum momento alguém disse: "Se for demais para você, Cammie, pode sair", ou "Srta. Morgan, no que você estava pensando naquele terraço?".

Eu era apenas mais uma garota na sala; não a garota no terraço. Os sons eram diferentes ali — apenas a voz do meu professor. As respostas às perguntas. Os gritos abafados dos operadores de câmera enquanto brigavam pela melhor posição.

Mas, na minha cabeça, vi as hélices do helicóptero girando. Ouvi os grunhidos e chutes, o rugido distante do vento entrando pelo refúgio. Na minha cabeça. O filme era mais claro e mais lento enquanto Preston pulava para a liberdade. Então vi uma figura mascarada ignorar o filho do candidato à presidência, apontar para minha amiga e dizer as palavras que eu não tinha ouvido direito da primeira vez.

A sala estava escura.

As paredes à nossa volta eram grossas.

E tive quase certeza de que a minha tia foi a única pessoa que me ouviu sussurrar:

— *Peguem-na.*

Capítulo Dez

Há coisas que os espiões geralmente carregam: coisinhas no bolso para forjar autenticidade, identidades falsas, vez ou outra uma arma-barra-câmera-barra-enfeite de cabelo. No entanto, acho que as coisas mais pesadas são os segredos. Se você deixar, eles podem afundá-lo. Naquele dia, sentada no Subsolo Dois, eu soube que carregava um tão pesado que provavelmente jamais seria capaz de ver a superfície de novo.

Quando a aula terminou, as luzes se acenderam e eu fiquei ouvindo enquanto metade das minhas colegas de turma se espalhava para explorar aquele novo ambiente. Observei Mick Morrison monopolizar o Sr. Solomon com um monte de perguntas sobre a Teoria Marciano e sua aplicação adequada em centros urbanos, mas o resto da turma se debruçava sobre tia Abby, que fazia uma encenação muito dramática de quando ela teve que roubar uma arma nuclear de Taiwan durante a estação das chuvas.

— Então eu disse a ele: "Sei que isso é um jinriquixá, mas isso não quer dizer que não flutue!" — dizia ela.

Tina e Eva explodiram numa gargalhada, mas eu sabia que tia Abby estava espiando pelo canto dos olhos enquanto eu saía da sala e pegava a rampa em espiral que levava à mansão acima de nós. Sei que ela estava ouvindo quando Bex me alcançou e disse:

— Cam, espere! — Como se fosse possível eu andar mais rápido que ela. (O que não era.)

Mas eu só continuei subindo a espiral, me lembrando das palavras que eu tinha ouvido mas não *escutado*; da indiferença dos atacantes quando Preston deslizou pela lateral do terraço para a liberdade — as coisas que eu tinha visto, mas não havia *enxergado*.

— Fui uma idiota! — disparei.

— Você foi brilhante! — disse Bex. Se tivessem sido ditas por qualquer outra aluna em qualquer outra escola, as palavras teriam sido falsas. Mas não por essa garota. Não nesta escola. Para Bex, esse era um fato indiscutível, e ela estava disposta a atacar qualquer um que dissesse o contrário.

— Só duas garotas nesta escola poderiam ter feito o que você fez. — Ela arqueou uma sobrancelha. — E você é a outra.

Quando entramos no elevador, pensei que havia dois tipos de segredos: aqueles que você *quer* guardar, e aqueles que você *não se atreve* a deixar escapar.

Eu poderia ter olhado para Bex. Poderia ter baixado a voz e ali, naquele minúsculo elevador 30 metros abaixo do solo, poderia ter certeza de que ninguém me ouviria.

Mas a minha mãe e o Sr. Solomon eram os dois melhores espiões que eu conhecia, e eles não haviam contado para Macey. Não haviam contado para *mim*.

Quando as portas do elevador se abriram, ouvi algumas meninas descendo as escadas acima de nós. O cheiro do almoço emanava do Salão Nobre. Às vezes as coisas se movem pela nossa mansão mais rápido que fogo. E foi então que eu soube que carregava o segundo tipo de segredo.

Eu não me atrevia a revelá-lo.

Em vez disso, carreguei-o para o Salão Nobre, me sentei à mesa da turma do penúltimo ano para almoçar. Quase não ergui os olhos quando Eva Alvarez anunciou:

— Correio!

Ela jogou um cartão-postal sobre a mesa, na minha frente, e imediatamente reconheci os sapatos rubi do Museu de História Nacional e de *O mágico de Oz*, e, o mais importante, do lugar exato onde Zach e eu pela primeira vez nos vimos como o que realmente somos.

Não é uma alucinação, eu disse a mim mesma. Isso é real, pensei, enquanto virava o postal e estudava a letra que, na última primavera, tinha visto desaparecer na chuva.

Então li as palavras: "Tome cuidado."

Passei o resto daquela semana tentando conversar a sós com a tia Abby, mas o problema era que a minha tia *nunca* estava sozinha.

— Hum, tia Abby, será que podemos... conversar? — perguntei na segunda-feira à noite, depois do jantar, mas ela apenas sorriu e se dirigiu para a porta. Infelizmente, metade da turma do segundo ano foi atrás dela.

— Claro, Esguicho. Só vou ensinar a esse grupo um golpe muito legal com uma mangueira de jardim. Quer vir?

Na terça-feira à tarde, quando a vi no saguão, perguntei:

— Ei, tia Abby, será que você tem um tempo para... botarmos o papo em dia... hoje à noite?

— Ah, desculpe, Camster — respondeu ela, já escoltando Macey para a aula de P&CL. — Fibs me pediu para ajudá-lo a bater um pouco daquele creme indutor de coma superpoderoso que aprendi a fazer na Amazônia. Talvez leve a noite inteira.

Para onde quer que eu me virasse, ouvia perguntas como: "Ei, Cammie, Abby já mostrou a você o que fez em Portugal com um grampo de cabelo?"

Ou: "Bem, ouvi dizer que havia cinco agentes mais experientes implorando para assumir a equipe de segurança da Macey, mas o vice-diretor da CIA *em pessoa* ligou e pediu que Abby aceitasse a função."

No sábado, parecia que a única história que a tia Abby não contaria era exatamente a que eu queria ouvir.

E, no domingo, começou a chover.

Os corredores pareciam mais escuros do que costumavam ser no início do semestre, enquanto eu caminhava por eles em direção ao escritório da minha mãe. Quando passei pelo banco abaixo da janela do segundo andar, não resisti a abrir a cortina de veludo vermelho e dar uma espiada pelo vidro corrugado.

Nuvens cinzentas e carregadas estavam baixas no céu, mas, na floresta, as copas das árvores eram verdes e viçosas. Nossos muros ainda eram altos e fortes, e, para além deles, não havia sequer uma van de emissora de TV. Por um instante pensei que o pior havia passado, mas então um raio cruzou o céu e eu soube que a tempestade estava só começando.

— Cammie! — chamou minha mãe do outro lado do Hall de História, e eu virei as costas para o vidro.

Andando até o escritório dela, não pude deixar de notar que ela estava sorrindo como se a primeira noite após o verão devesse ser exatamente daquele jeito — só que, desta vez, sem dúvida, era diferente. Em primeiro lugar, porque havia música. Alta. Rápida. Uma música que, definitivamente, não era do tipo que ouvíamos nas aulas de Cultura e Assimilação!

E, em segundo lugar, a comida não tinha um cheiro horrível. É claro que não cheirava tão bem quanto os aromas que emanavam do Salão Nobre, mas não parecia que os detectores de fumaça (e/ou de substâncias perigosas) já tivessem sido acionados, o que era um ótimo sinal.

Mas assim que cheguei à porta do escritório da minha mãe, vi que o que realmente tornava aquela noite de domingo diferente era que, desta vez, ela não estava sozinha.

— Ei, Esguicho. Vim de penetra. — Minha tia piscou e pegou uma uva de uma fruteira no canto da mesa da minha mãe. — Sua mãe cozinhando... — disse ela, pegando a minha mão e me fazendo girar no ritmo da música. — Eu tinha que ver *isso*.

— Ninguém está obrigando você a comer nada — retrucou mamãe.

Abby apenas continuou dançando, me puxando e me empurrando, até que sussurrou em meu ouvido:

— Dentro da bolsa tenho um remédio que serve para 99 por cento das infecções alimentares conhecidas pela humanidade. Só pra garantir...

Então não pude evitar. Eu ri. Por um segundo, aquilo parecia estar certo. Por um segundo, pareceu seguro. Tudo estava diferente... mas familiar. A dança. A música. Os ruídos e o aroma do famoso (no mau sentido) *goulash* de mamãe. Era como se eu estivesse vendo *flashes* da vida de outra pessoa. E então percebi. Aquela era a *minha* vida. Com papai.

Ele ouvia aquele tipo de música. Nós costumávamos dançar na cozinha da nossa casa, em Washington.

E, de repente, perdi a vontade de dançar.

Mamãe me viu ir até o rádio e diminuir o volume.

— Ah, Cam... — disse minha tia, com um suspiro. — Olhe para você! Tão crescida e partindo corações... — Ela arqueou as sobrancelhas. — E quebrando as regras. Sinceramente, como sua tia, não sei o que me dá mais orgulho.

— Abigail... — advertiu mamãe, baixinho.

— Rachel... — arremedou minha tia.

— Acho que o Serviço Secreto dos Estados Unidos não deveria incentivar a quebra das regras, especialmente nesta escola e neste ano em particular.

— Talvez a diretora da Academia Gallagher devesse tentar se lembrar de que, na vida dos espiões, as regras são, por definição, opcionais. — Minha tia retribuiu o sermão.

— E, já que tocamos no assunto — disse minha mãe, elevando o tom de voz —, talvez o Serviço Secreto devesse considerar que não é muito sábio ensinar as alunas do oitavo ano da Madame Dabney a fazer seu próprio clorofórmio usando lenço de papel e uma fatia de limão.

— É! Não consigo acreditar que elas ainda não tinham descoberto esse truque — disse Abby, como se os padrões de sua irmandade tivessem caído consideravelmente.

— Essa técnica foi banida em 1982!

— Ei, Joe disse...

— Não me importo com o que Joe diz! — rebateu mamãe, e, desta vez, a voz dela soltava faíscas. — Abigail, as regras existem por algum motivo. Porque, quando as pessoas não as seguem, elas se *machucam*. — As palavras ficaram suspensas no ar. Minha mãe parecia estar tremendo quando concluiu: — Ou talvez você já tenha se esquecido disso.

Conheço minha tia Abby desde que nasci, mas nunca a vi do jeito que ela ficou naquele momento. Parecia que explodiria em lágrimas e raiva enquanto a tempestade piorava do lado de fora, o *goulash* esfriava e eu me perguntava se algum dia uma de nós voltaria a ter vontade de dançar.

— Rachel, eu...

— *Peguem-na.*

Não sei por que falei isso. Num instante eu estava lá, imóvel, assistindo à discussão delas, e, no seguinte, o segredo que eu tinha carregado comigo o tempo todo desde que eu havia estado no Subsolo Dois era revelado.

Mamãe se aproximou. Abby se afastou. Lá fora, a chuva fustigava o casarão com a violência das marés.

— O que você disse, Cammie? — perguntou minha mãe, como as pessoas fazem quando já sabem a resposta para sua pergunta.

— Eu me lembrei... — Afundei do sofá de couro.

Minha mãe se aproximou, mas, atrás dela, tia Abby balançou a cabeça; um movimento quase imperceptível — um aviso. Cuidado com o que você deseja.

— Eu me lembrei de uma coisa... que aconteceu em Boston. Coloquei Preston no andaime e eles realmente não... se importaram. — Minha mãe estava deslizando para a mesa de centro à minha frente, se movendo muito devagar, como se temesse me acordar de um terrível pesadelo. — Eles disseram: *Peguem ela.*

— Cam... — começou minha mãe, mas *flashes* passavam de novo diante dos meus olhos. Uma porta cinza, um helicóptero preto e, por fim, um pedaço de papel branco planando até o chão.

— A programação de Preston... — sussurrei, mas, desta vez, eu não estava olhando para a minha mãe, e sim para a minha tia. — Não era para ele estar lá, não é?

Mamãe começou a dizer alguma coisa, mas tia Abby tomou a frente dela e, sentando-se ao meu lado no sofá, disse:

— Não.

Algumas pessoas podem se perguntar por que isso era importante — havia semanas que sabíamos que Macey estava em perigo. Mas, sentada ali, ouvindo a tempestade que se formava havia muito tempo, não pude me impedir de sentir que isso fazia toda a diferença do mundo. Os sequestradores não estavam atrás dos filhos de duas das famílias mais poderosas do país. Eles estavam atrás de um deles, apenas.

E era uma das minhas melhores amigas.

— É verdade, filhota... — disse mamãe. — Preston Winters não deveria estar lá, portanto, temos que concluir que ele não era o alvo.

Concordei. Ela acariciou o meu cabelo. Mas nada era capaz de impedir que o meu coração se acelerasse quando perguntei:

— Quem eram eles?

— Mais de trezentos grupos assumiram a autoria do ataque — minha tia disse, e, dando de ombros, acrescentou: —, o que significa que pelo menos 299 deles estão mentindo.

— O anel — falei, fechando os olhos e vendo a imagem que estava gravada na minha mente. — Fiz um desenho do anel. Você...

— Estamos trabalhando nisso, filhota — respondeu minha mãe, baixinho.

Mordi o lábio, pois precisava saber de onde vinha pelo menos um pouco da dor que eu estava sentindo.

— Por que Macey? — explodi, ao me virar para minha mãe.

— Ela é filha de pessoas muito poderosas, Cam. Eles têm inimigos igualmente poderosos.

E então fiz a pergunta que me assombrava mais do que qualquer coisa que vi naquele terraço:

— Ela vai ficar bem?

Minha mãe e minha tia se entreolharam; duas agentes secretas experientes que sabiam que não havia uma resposta fácil para a minha pergunta.

— O Serviço Secreto é muito bom, Cam — disse minha mãe. — Sua tia Abby é ótima.

Ela olhou para Abby como se nenhuma rivalidade entre irmãs jamais pudesse existir entre elas. Então passei um longo tempo sentada ali, pensando em irmãs; em irmandade.

De repente, aquilo pareceu estranho; louco. Estávamos na Academia Gallagher, onde as pessoas eram paranoicas com segurança e eram realmente muito, muito boas nisso. É claro que Macey ficaria bem.

— Bem, pelo menos já estudamos na escola mais segura do mundo. E Macey não vai a lugar nenhum, não é? — comentei com um sorriso.

Eu nunca imaginaria que a minha tia sorriria de volta e diria:

— É... bem... Cam, você já esteve em Cleveland?

Capítulo Onze

Ohio tem 20 delegados no Colégio Eleitoral e um histórico de grandes viradas nas urnas. O governador é de um partido, e dois senadores são do outro. Em setembro, havia também muitas mulheres indecisas sobre em quem votar, mas certas de uma coisa: Macey McHenry era uma garota muito corajosa por ter sobrevivido ao que aconteceu em Boston.

Macey McHenry iria angariar muitos votos.

Então ela estava indo para lá. Sozinha.

Bem... se você considerar que sozinha significa com uma das Garotas Gallagher mais notáveis dos últimos tempos (que, dizem, se parece um pouco comigo quando uso meu cabelo para trás), uma caravana de 14 agentes do Serviço Secreto como segurança pessoal e pelo menos uns 30 funcionários do partido que rastreavam todos os passos do pai dela. Mas, no sentido mais importante, ela estava sozinha. Porque iria sem nós.

Na segunda-feira de manhã, Macey se levantou às 5 horas e, juntas, a levamos até lá embaixo, onde o cheiro de pãezinhos de canela emanava da cozinha. Do lado de fora, o sol nascia ao longe. Uma luz indistinta surgia no horizonte e, pelas janelas, pude ver os seguranças fazendo uma varredura no matagal.

Liz estava usando seu pijama estampado com a fórmula da Teoria da Relatividade ($E=Mc^2$), e o cabelo de Bex parecia especialmente fora de controle, mas, ainda assim, acompanhamos Macey por toda a mansão até avistarmos a tia Abby.

Ela usava uma calça de corte reto cinza-escura e blusa branca. Uma pequena escuta de plástico já estava presa no colarinho dela, os fios desaparecendo por dentro do blazer. Ela parecia fazer parte daquilo; ela *fazia* mesmo. Então, entregamos Macey aos cuidados dela sem uma palavra sequer, como a troca da guarda.

Então fui tomar um banho.

Depois comi pãezinhos de canela.

E não ouvi nada do que o Sr. Smith disse sobre Roma Antiga e as catacumbas, que, se você souber onde procurar, ainda oferecem incríveis acessos à cidade.

Durante todo o dia, parecia que as pessoas diziam exatamente o que eu estava pensando.

— Bem, acho que, a esta altura, ela já deve ter chegado lá — comentou Tina depois do café da manhã.

— Macey terá a oportunidade de conhecer táticas de proteção incríveis — ressaltou Eva, a caminho da aula de PdM (Países do Mundo).

— Ela está com Abby — disse Liz, quando nos dirigíamos para a escadaria.

— E Abby é demais! — emendou Bex, assim que nos separamos de Liz e pegamos o elevador para o Subsolo Dois.

De um ponto de vista puramente racional, eu sabia que Macey estava tão bem protegida quanto era possível, mas o Sr. Solomon havia passado um ano nos ensinando que ser espião não tem sempre a ver com o racional, e sim com os instintos. E, naquele momento, os meus me diziam que aquele seria um dia muito longo.

E isso foi *antes* de o Sr. Solomon nos encontrar na entrada do Subsolo Dois com uma pilha de camisetas da campanha Winters-McHenry e dizer:

— Vamos lá!

Eu já tinha estado num helicóptero com o Sr. Solomon duas vezes. Da primeira, eu estava vendada. Da segunda, tinha acabado de descobrir que existia *outra* escola de espionagem ultrassecreta... *para garotos!* Mas, se comparados com aquele dia, garotos e vendas pareciam fáceis.

— Ameaças a segurança acontecem de quantas maneiras, Srta. Alvarez? — perguntou o professor.

— Cinco — respondeu Eva, embora, tecnicamente, ainda não tivéssemos aprendido aquela lição.

— E quem pode me dizer quais são elas? — prosseguiu ele.

— Longo alcance, curto alcance, suicídio, estática... — precipitou-se Bex, não para se mostrar, e sim para pronunciar as palavras, como se elas estivessem em sua mente havia muito tempo e ela precisasse libertá-las.

— Essas são quatro delas — disse o Sr. Solomon.

As hélices do helicóptero estavam em movimento; o solo embaixo de nós rugia — árvores e montanhas, rios e estradas, cidades cheias de escolas normais e crianças normais e pessoas que jamais saberiam responder às perguntas do nosso professor.

— Interna — respondi tão baixinho que, por um instante, por causa do barulho das hélices e do vento, eu me perguntei se alguém tinha ouvido.

Mas somos Garotas Gallagher. Ouvimos tudo.

— Correto — disse o Sr. Solomon. — E essa é a maior de todas.

Tentei me convencer de que ele não estava falando de Macey — que não estava sugerindo que aquilo que aconteceu em Boston tinha sido planejado por alguém *de dentro*, por uma pessoa próxima. Disse a mim mesma que ele estava falando de um modo geral, lembrando-nos do que sabíamos muito bem, que os traidores são as pessoas mais perigosas de todas.

— Vocês verão muitas coisas hoje, senhoritas. Agentes experientes em ação, com um único objetivo. Não se trata de inteligência, e não se trata de operações. Hoje o assunto é pura e simplesmente proteção.

Em minha mente, eu já corria por cenários que apenas um homem como Joe Solomon seria capaz de criar. Estava imaginando que tipo de teste nos aguardaria quando aterrissássemos.

Bex devia estar seguindo a mesma linha de raciocínio, porque perguntou:

— Qual é a nossa missão?

— É uma muito difícil — alertou o Sr. Solomon e então sorriu. — Apenas observem. Escutem. E aprendam.

Espera-se que Garotas Gallagher façam coisas difíceis. O tempo todo. Mas, até aquele dia, eu não sabia que a missão mais difícil de todas é não fazer nada.

Afinal, uma coisa é soltar um grupo de adolescentes altamente treinadas no meio da multidão e pedir que elas identifiquem uma possível ameaça à segurança. Agora, pegar essas mesmas garotas, equipá-las com escutas na mesma frequência do Serviço Secreto (não que o Serviço Secreto soubesse disso), e pedir que se sentassem e apreciassem o espetáculo, era completamente diferente.

Não gosto nem que outra pessoa ponha mel nos meus *waffles* (eu tenho um método próprio de fazer isso), de modo que deixar outras pessoas responsáveis pela segurança de Macey... bem... digamos que isso estava um pouco fora da minha zona de conforto.

E, se isso já não fosse ruim o bastante, o jeans que alguém havia separado para mim estava um pouco apertado. E, eu não sei vocês, mas eu, pelo menos, não conheço mais nenhuma garota além de Bex Baxter capaz de entrar e sair de um helicóptero sem que isso faça coisas realmente horríveis com seu cabelo.

Acima de tudo, eu queria fingir que ainda acreditava viver num mundo onde cabelos e jeans eram realmente importantes. Mas eu não vivia. Então, apenas me concentrei na missão e encarei a multidão.

E desapareci.

PRINCÍPIOS BÁSICOS PARA SER UM CAMALEÃO
Por Cameron Ann Morgan

1. É muito importante — sempre — parecer que você faz parte do cenário.

2. Se o princípio 1 for difícil, tente olhar para uma pessoa imaginária e andar de modo determinado na direção de ninguém.

3. Imobilidade. Isso é fundamental (exceto quando você está seguindo o princípio 2), porque as pessoas veem movimentos com mais facilidade do que veem coisas. Portanto, se estiver em dúvida; estátua!

4. Ajuda muito se você não estiver com um look todo especial (seja no bom ou no mau sentido).

5. Familiarize-se com os arredores. O mais rápido possível.

6. Vista-se de um modo que não seja chamativo, moderninho, feio ou obsceno.

7. Esconder-se é coisa de amadores.

— Isso é... uau! — disse Bex, dez minutos depois de termos chegado ao parque… pelo menos eu achei que fosse um parque.

Havia um longo gramado com o tamanho de pelo menos duas quadras. Belos prédios históricos ladeavam o local, mas, na extremidade oposta, haviam instalado um palco. Arquibancadas o cercavam por trás, de frente para o gramado, e, de onde Bex e eu estávamos, parecia que metade de Ohio tinha ido ali para ver o retorno triunfante de Macey.

Um político local tentava, pelos alto-falantes, fazer com que a plateia gritasse “Winters”, enquanto as pessoas no gramado eram incentivadas a gritar “McHenry”.

— Os políticos americanos são sempre tão... loucos? — sussurrou minha amiga.

Tive vontade de dizer a ela que aquilo não era nada se comparado à loucura da convenção (afinal, eu não tinha visto ninguém com chapéus em forma de frutas, por exemplo... pelo menos não ainda), mas, de algum modo, falar sobre Boston não parecia uma boa ideia, então apenas concordei com a cabeça e tentei me espremer por entre a multidão.

Um enorme *banner* (que, tenho quase certeza, era à prova de balas) circundava o palco. Nele estava escrito: “MÃOS À OBRA”. Me virei e analisei a longa extensão de barricadas que passava pelo meio da multidão. Um grande ônibus de turismo entrou na rua e parou no meio do caminho aberto em meio ao público. As portas do veículo se abriram e, em algum ponto ao longe, a banda da Tri-County High School começou a tocar enquanto o governador Winters e o senador McHenry saltaram do ônibus e se puseram a atravessar o longo gramado, repleto de mãos para apertar e bebês para beijar — duas mil pessoas gritando, e qualquer uma delas poderia ter desferido aquele golpe na minha cabeça.

Eu ouvia uma corrente incessante de vozes desconhecidas.

— Senhor, se importaria de tirar as mãos do bolso, por favor — pediu um agente do Serviço Secreto ao homem que estava atrás de mim.

— Equipe Delta, não gosto do aspecto do cara nos degraus de entrada da biblioteca. Repito, nos degraus da biblioteca.

Imediatamente, senti toda a turma de OpSec da Academia Gallagher para Garotas Superdotadas se virar para ver um cara usando uma capa de chuva se aproximar de um homem com uma camisa de lã e bloquear sua visão dos candidatos, que passavam na rua abaixo deles.

Um grupo de mulheres agitava um cartaz que dizia: DEUS OS ABENÇOE, MACEY E PRESTON, e, como se aquela fosse a sua deixa, Preston correu para as mulheres e as abraçou, enquanto, a poucos metros dali, a CNN transmitia a cena ao vivo e em cores.

Mas Macey não correu para lugar nenhum. Nem abraçou ninguém (o que era totalmente de seu feitio — independentemente de qualquer tentativa de sequestro). Em vez disso, segurou a mão do pai. Acenou. Sorriu.

— Temos que ser perfeitos todos os segundos do dia, senhoritas. — Nos dois últimos anos, eu tinha ouvido Joe Solomon dizer coisas realmente impressionantes, mas acho que ele nunca soou tão solene como quando disse: — Os caras maus só podem ter sorte... uma vez.

Então não consegui evitar. Pensei em Boston. Pensei em sorte. E em como estivemos perto de ter um fim muito ruim para as férias.

— Não sei se algum dia uma de vocês vai entrar para os serviços de proteção ou não, senhoritas, mas, se entrarem... — chegava baixinha ao meu ouvido a voz do Sr. Solomon, contra o barulho das ordens do Serviço Secreto. — Esse é o seu pior pesadelo.

Estou certa de que, naquele momento, Bex teve vontade de arrastar a nossa amiga para dentro do veículo blindado mais próximo e dirigir de volta a Roseville tão rápido quanto fosse humanamente possível. Mas isso não aconteceria, porque 1) o Serviço Secreto *verdadeiro* atiraria em nós se tentássemos; 2) os correspondentes da CNN poderiam fazer algumas perguntas interessantes se Bex eliminasse os dois seguranças do senador McHenry com dois chutes bem colocados; e 3) nossas notas provavelmente dependiam de *não* fazermos isso, e, como se precisássemos de algum lembrete, a voz do nosso professor ecoava constantemente em nossos ouvidos:

— Considerando-se a direção e a velocidade do vento, onde fica a maior ameaça de ataque de um franco-atirador, Srta. Morrison?

Bex e eu nos olhamos e dissemos, sem emitir som: "o campanário da igreja", e, nesse momento, Mick pronunciou exatamente as mesmas palavras.

— Quatro membros do Serviço Secreto se infiltraram entre os manifestantes do outro lado da rua. Identifique-os, Srta. Fetterman — disse o Sr. Solomon.

— Hum... — começou Anna enquanto tia Abby e Macey cruzavam a rua à nossa frente. — Mochila vermelha — respondeu Anna. — A moça com a bandana azul. O homem de camiseta amarela e... — ela não terminou.

— Alguém sabe? — perguntou nosso professor.

— O homem com a grande barba vermelha — disse eu. Não tive certeza quando o vi, mas, assim que pronunciei as palavras, soube que era verdade.

— Por quê? — perguntou o Sr. Solomon.

— A estática — respondi. — Há cerca de dois minutos e meio houve um ruído de estática na frequência do Serviço Secreto. Ele se encolheu.

Eu podia jurar que, em algum lugar na multidão, Joe Solomon sorriu.

* * *

Eu costumava me perguntar se agentes secretos não se cansavam de ficar ouvindo sempre os mesmos discursos, das mesmas pessoas, várias vezes por dia, todos os dias, até que finalmente alguém tivesse que fazer um discurso de vitória ou de derrota. Mas, depois desse dia, comecei a me perguntar se os agentes secretos sequer ouviam os discursos.

— Equipe beta, manifestantes ficam no Nível Dois. Repito, manifestantes no Nível Dois — disse uma voz anônima.

— Equipe Charlie, temos movimentos suspeitos numa janela do City National Bank — declarou outra voz, e, num instante, todas as persianas do quarto andar do prédio no outro lado da rua foram baixadas.

E então... uma voz que eu reconheci disse:

— Pavão está pronto e em movimento.

— Tia Abby — sussurrei para Bex.

— Pavão? — sussurrou ela de volta.

No palco, o senador acenava e dizia:

— Família. Não preciso dizer aos cidadãos de Ohio como a família é importante para mim.

A multidão vibrou intensamente por alguns minutos, mas, quando Macey substituiu o pai ao microfone, o silêncio que pairou sobre os eleitores de Ohio foi tão absoluto que parecia que alguém havia diminuído o volume.

— É muito bom estar aqui hoje. — Macey olhou por cima da multidão. Por um momento, ela pareceu perdida, confusa. Mas então eu poderia jurar que o olhar dela caiu sobre Bex e sobre mim. Uma nova luz se acendeu nos olhos dela quando, fitando-nos, acrescentou: — Com a minha família.

Nesse momento, o senador McHenry passou o braço em volta da esposa e eu não pude deixar de pensar na instrução da Moça da Prancheta: "abraço espontâneo".

— E eu gostaria de dizer uma coisa — prosseguiu Macey, com mais força ainda. — Não há nada que não possamos fazer quando nos unimos. Não há nada que não possamos superar se tentarmos. Aprendi isso com pessoas que me amam. Pessoas que conhecem... quem eu sou *de verdade*. — Dessa vez, eu soube que Macey estava olhando diretamente para nós.

Ao meu lado, ouvi Bex sussurrar:

— Essa é a nossa garota!

— Srta. Baxter... — A voz do Sr. Solomon nos trouxe de volta à realidade, à missão. — Cerca de 10 metros atrás de você, há um homem com uma jaqueta jeans. Consiga as digitais dele sem que ele perceba.

Num piscar de olhos, Bex sumiu.

Houve mais discurso, mais aplausos, mas, por fim, Macey desceu os degraus à esquerda do palco e atravessou um espaço entre as arquibancadas que levava a uma área de segurança. Assim que ela desapareceu, ouvi a voz da minha tia dizer:

— Pavão está sã e salva na tenda amarela.

Então respirei fundo pela primeira vez desde a noite de domingo.

A multidão olhava para o palco enquanto o governador Winters dizia:

— Nossos opositores tiveram quatro anos para falar, mas agora é hora de pôr *mãos à obra*!

As pessoas aplaudiram. Riram. Era como se ele fosse um mestre de marionetes e 2 mil pessoas pulassem todas as vezes que ele puxasse os fios.

Mas eu não aplaudi nem ri. Apenas continuei ouvindo a voz do Sr. Solomon — não no ouvido, mas na cabeça. Eu me lembrava de algo que ele tinha dito no helicóptero: "Proteção é dez por cento protocolo e noventa por cento instinto".

Então os meus instintos me disseram para eu me virar. Talvez fosse o modo como os prédios ladeavam o gramado, talvez fosse a multidão de gente que passava por mim, mas algo me fez pensar no último semestre, em Washington. Então, enquanto o senador e o governador estavam de pé com as mãos unidas sobre as cabeças e a banda começava a tocar, eu me virei e observei a multidão bater palmas e dançar. Os candidatos abriram caminho e a multidão pareceu se aproximar ainda mais deles, mas um cara se esquivou dali.

Para longe do *banner* à prova de balas.

Para longe de tudo.

Exceto das arquibancadas e da tenda amarela atrás delas.

Havia outro banner pendurado do lado das arquibancadas, anunciando o site www.winters-mchenry.com, e eu o vi flutuar ao vento, uma das pontas balançando livremente, batendo contra as traves de alumínio, mas ninguém prestava atenção naquele barulho. Ninguém viu a abertura. Nenhum civil teria captado aquela fenda de acesso e o que ela significava. Mas o cara de boné caminhou naquela direção. Entrou pela minúscula fenda e foi então que percebi que ele era um artista de rua.

Ele era como eu.

— Não! — Ouvi minha própria voz gritar; mas, com a banda, a multidão e o burburinho dos agentes de segurança, ninguém ouviu. E então o cara tinha sumido.

Eu o segui, entrando também pela fenda, mas tudo o que vi foi lixo e a intricada armação das arquibancadas.

Para um dia tão ensolarado, estava muito escuro ali embaixo, e, em meio a uma multidão tão barulhenta, o som parecia vir de muito longe. Uma brisa quente soprou confete vermelho, branco e azul aos meus pés, enquanto a banda continuava tocando e as pessoas aplaudiam.

Senti alguém atrás de mim.

E, pela segunda vez naquele mês, a mão de um estranho agarrou o meu ombro.

Esqueci completamente a missão dada pelo Sr. Solomon quando joguei a mão para trás, agarrei o meu atacante e, no embalo, lancei facilmente o cara pelo ar, observando-o cair sobre um balão vermelho que estourou.

Mas, de repente, era eu que estava sem ar, ao olhar para o garoto no chão aos meus pés e ouvir as únicas palavras que estava completamente despreparada para escutar:

— Olá, Garota Gallagher!

Capítulo Doze

Zach estava ali, olhando para mim nas sombras das arquibancadas, deitado de costas, os ombros presos sob os meus pés.

Dessa vez era ele mesmo. Não era coisa dos meus genes de espiã nem dos meus hormônios de adolescente. Eu não estava tendo uma alucinação, sonhando acordada, nem era vítima de alguma brincadeira de contravigilância usando holograma.

Eu estava olhando para...

Zach.

— Ei, Garota Gallagher — repetiu ele depois de... não sei... uma hora mais ou menos —, você vai deixar eu me levantar agora?

Mas eu não queria deixá-lo se levantar de jeito nenhum, porque: A) eu estava numa posição superior e, com qualquer garoto — especialmente um Garoto Blackthorne —, posição superior é algo a que você deve se agarrar quanto tiver uma oportunidade; B) se eu não o deixasse se levantar, havia mais chances de que ele não revidasse me jogando pelos ares como uma boneca de pano (algo de que acho que ele seria totalmente capaz); e C) eu meio que gostava de saber onde estava pisando com Zach. Pela primeira vez.

Então, em vez de chegar para o lado e ajudá-lo a se levantar, como uma boa garota faria, simplesmente me inclinei sobre ele como uma Garota Gallagher e perguntei:

— O que você está *fazendo* aqui?

Mas Zach não respondeu imediatamente. Ele fez o que sempre fazia. Lançou-me um olhar tão profundo — tão intenso — que era como se estivesse tentando mandar a resposta por meio de algum fio cósmico, psíquico, ou algo assim.

Então ele deu um sorriso forçado e respondeu:

— Tenho *muito* interesse na política de Ohio.

Dei um salto para trás, tropeçando nos meus próprios pés enquanto rebatia:

— Você não pode votar.

— Eu sei. Mas posso fazer campanha. — Ele apontou para o broche WINTERS-MCHENRY em sua jaqueta, como se quisesse comprovar o argumento.

Então fui tomada pelo pânico — provavelmente garotos simpáticos e tentativas de sequestro se infiltravam entre as Garotas Gallagher havia centenas de anos.

Eu tinha pensado em como seria encontrá-lo um bilhão de vezes. Havia imaginado o que eu estaria usando e que coisas interessantes eu diria, mas posso garantir que em nenhuma das minhas fantasias eu usava jeans desconfortável e uma camiseta dois números maior que o meu. Pensei em que tipo de garota eu seria — interessada, mas indiferente; atraente, mas divertida. E, mesmo assim, eu não era nada disso quando olhei para ele e murmurei:

— Você está muito longe de Blackthorne.

— Eu sei. — Ele sorriu. — Bem, ouvi dizer que Macey McHenry faria sua primeira aparição desde a convenção aqui hoje. — Ele se levantou e tirou alguns confetes do meu cabelo. — E onde há uma Garota Gallagher, normalmente há várias.

O sorriso dele se tornou mais largo, e, naquele momento, pensei seriamente em gritar (mas por um motivo completamente diferente).

— Nesse sentido, somos c-como fumaça e fogo — gaguejei, tentando parecer tão fria quanto me sentia.

Ele deu seu sorriso lento e típico dele.

— É mais ou menos isso.

Então um tipo de pânico totalmente diferente me atingiu: ZACH ESTAVA ALI! Será que era porque ele sabia que Macey iria para lá? E porque sabia que eu estaria com ela?

(Nota pessoal: Adaptar o dicionário "linguagem-de-meninos-para-português" de Liz para dar múltiplas interpretações ao mesmo tempo!)

Não podia ser... podia? Seria possível que Zachary Goode tinha fugido de sua escola de espiões ultrassecreta porque essa seria sua primeira chance de me ver fora da minha escola de espiãs ultrassecreta?

Ai.

Meu.

Deus.

Será que eu já podia voltar para o ataque no terraço agora? Porque pelo menos contra eles eu sabia onde estava pisando! Mas meninos — especialmente *aquele* — pareciam sempre um mistério.

Ouvi a multidão irromper num aplauso novamente enquanto o governador prosseguia com seu discurso, mas parecia que tudo aquilo estava acontecendo do outro lado do planeta.

— Achei que você tivesse prometido ficar longe de passagens secretas e dutos de ventilação, mas parece... — começou ele, sem terminar.

Em vez disso, estendeu a mão e contornou o hematoma que já tinha quase desaparecido na minha cabeça, onde começava o meu cabelo, e senti algo que não tinha nada a ver com a dor do machucado.

Então tive um estalo.

— Como você sabe a respeito do duto de ventilação?

Zach respirou fundo, sorriu e apontou para si mesmo, como costumava fazer.

— Espião.

Ouvi uma voz em meu ouvido dizer:

— Camaleão, sei que você está sendo camaleônica, mas se pudesse acenar ou algo assim, ou me dizer onde está, seria ótimo.

— Arquibancadas — respondi a ela.

— Bex? — adivinhou Zach.

— Sim — respondi.

— Então você tem cobertura? — Aquela era uma pergunta realmente estranha no que parecia estar se tornando um dia igualmente estranho, então, por um segundo, fiquei ali parada, imaginando se ele a tinha feito como menino ou como espião. — As meninas estão aqui? E Solomon?

— Claro que estão.

Mas então uma das centenas de vozes no meu ouvido disse:

— Equipe Alpha, há movimento embaixo das arquibancadas.

Num instante eu me virei.

— Zach, tem alguém embaixo...

Então parei. *Nós* éramos as pessoas embaixo das arquibancadas.

— Você! — gritou um dos agentes.

Mas, quando eu me virei para encará-lo, a mão direita dele, que tinha se aproximado do lugar onde sua arma estava guardada, relaxou. Ele quase sorriu. E, talvez, pela primeira vez, eu tenha percebido como pode ser vantajoso ser uma garota de 16 anos.

— Senhorita — disse o agente —, esta é uma área restrita. Tenho que pedir que a senhora passe para trás das grades.

— Ai, meu Deus — comentei, soando um pouco mais boba do que meu QI indicava. — Eu estava *tão apertada* para ir ao banheiro que nós...

— Nós? — perguntou o agente, voltando a ficar alerta.

Ele vasculhou a área. Homens grandes vestindo ternos pretos surgiram do nada. Na minha escuta eu ouvia muitas conversas e ordens.

— Eu estava... — comecei, as palavras vindo com mais dificuldade.

Eu continuava me virando e procurando.

Mas Zach já havia sumido.

Capítulo Treze

— Sim, nós estávamos procurando um banheiro — uma voz cortou a barricada de agentes de terno preto que me cercavam.

Embora os agentes do Serviço Secreto sejam notadamente espertos e incrivelmente bem treinados, todos à minha volta pareceram se encolher de medo diante de Macey McHenry.

Vi minha amiga se virar para eles e evocar a Garota Gallagher dentro dela (a do tipo esnobe).

— Há algo de errado nisso?

E, assim, um camaleão foi salvo por um pavão.

— Obrigada, rapazes — disse tia Abby, aparecendo ao lado de Macey. — A partir daqui é por minha conta.

Enquanto os ternos pretos se espalhavam, minha tia me pegou pelo braço e me levou para fora do espaço sob as arquibancadas, para a área principal do palco, ensolarada, enquanto cantava baixinho:

— *Vou contar para a sua mãe.*

— Desculpe, tia Abby — disse eu. — Eu só... — Pensei em Zach... o misterioso Zach... que desapareceu de repente. — Vi alguma coisa — comentei. Alguma coisa. Não *alguém*.

Mas a minha tia estava balançando a cabeça.

— Não quero nem saber como você chegou aqui. — Ela parou. — Não, peraí. É melhor me dizer como chegou aqui.

Depois que expliquei, ela andou uns seis metros até onde uma equipe de segurança aguardava em volta de uma fileira de picapes Suburban pretas.

— Veículos de evacuação de emergência — falei, virando-me para Macey, que estava muito ocupada olhando meus pés para se surpreender com todas as incríveis medidas de segurança à nossa volta.

— Eu dou 500 dólares para você trocar de sapatos comigo — ofereceu ela.

Olhei para os sapatos de salto que a mãe dela, sem dúvida, a havia obrigado a usar, e tive certeza de que ela não estava brincando. Mas o conforto não tem preço (como todos os artistas de calçada sabem), então fingi que não ouvi o que ela disse — o que não era nada difícil, levando-se em conta que eu definitivamente tinha *outras* coisas em mente!

Zach tinha ido ao comício! Para *me* ver?

— Macey, você nunca vai acreditar em quem eu acabei...

— Ei! — Fui interrompida por uma voz. — Conheço você!

Reconheci de quem era. Porém, mais do que isso, reconheci o olhar de Macey quando Preston apareceu.

— Você não tem nenhum bebê para beijar? — perguntou Macey, com um suspiro.

— Cammie, não é? — disse Preston. — Macey não me disse que você viria.

— Pois é. Esta é uma grande oportunidade de ver de perto o processo político e...

— Sério! — disparou Macey. — Vai. Beijar. Um bebê!

— Você consegue acreditar nela? — comentou Preston, inclinando a cabeça na direção de minha amiga. — Não pode me ver que começa com esses queridinhos fofos, a falar de beijo.

Macey parecia querer matá-lo. Mas eu estava com vontade de rir.

Talvez fosse porque eu andava pensando muito em garotos. Talvez fosse apenas alívio em saber que, pelo menos por enquanto, Macey estava bem. Mas, naquele momento, Preston pareceu meio...

Gato?

Não. De jeito nenhum, falei a mim mesma. Então olhei para Macey, que odiava estar usando os sapatos desconfortáveis e ficar à disposição dos pais, e pensei que talvez Preston Winters fosse a única pessoa que poderia odiar essas coisas tanto quanto ela. E, como todos os espiões sabem, as alianças sempre começam quando se tem inimigos em comum.

— Então, oi — disse Preston, baixinho.

Um coral gospel cantava a distância. O Serviço Secreto estava se preparando para a longa caminhada de volta para o ônibus. Mas Preston parecia não notar; parecia não se importar. Parecia completamente imune àqueles olhares e ouvidos atentos quando se inclinou e disse:

— Estou realmente feliz por ter te encontrado.

Ai, meu Deus, pensei. Seria possível que *dois* garotos flertassem comigo num intervalo de dez minutos?

Mas aquilo não era flerte.

Era pior.

Total e infinitamente pior, porque, enquanto a banda gospel parava de cantar e alguns aviões militares sobrevoavam nossas cabeças, Preston olhou para mim como se realmente me *notasse* e disse:

— Eu gostaria de te agradecer... por Boston.

A garota dentro de mim ficou ofegante, enquanto a espiã dentro de mim estudava as variações na respiração dele, assim como a dilatação de suas pupilas.

— Aquilo foi realmente... impressionante.

— Cammie está sempre fazendo coisas desse tipo — disse Macey, percebendo o meu constrangimento. — Ela é uma escoteira e tanto.

— Bem, não importa o que ela seja — respondeu ele, virando-se para Macey —, você também parecia ser uma.

Quando Macey me olhou de relance, eu soube que nenhuma de nós duas queria imaginar o que poderia acontecer se o filho do candidato à presidência pensasse muito ou por um longo tempo sobre o que tinha visto no terraço.

— Eu estava tão assustado... — declarou ele. — Mas vocês duas foram... *racionais.*

— Então, Macey — falei, alto —, adorei o seu discurso.

— Quero dizer... — insistiu Preston, como se eu nem estivesse ali; como se *ele* não estivesse ali. Ele olhava para o nada, como se o filme do que tinha acontecido em Boston estivesse passando na mente dele —... Havia o quê? Uns dez caras atrás de nós?

— Dois homens. Uma mulher. — Macey e eu o corrigimos exatamente ao mesmo tempo.

— E, cara, vocês foram... — Ele olhou para nós como se nos visse pela primeira vez. — Vocês são *garotas*! —

explodiu ele como se aquele fato tivesse passado despercebido para ele até aquele momento.

— Obrigada por notar — disse Macey, agarrando o meu braço e me arrastando dali.

Preston nos seguiu.

— Mas vocês se defenderam de uma dúzia de...

— Três! — Macey e eu o corrigimos de novo.

— Bem, homens.

Ele parou à nossa frente, bloqueando o caminho. O que significava que, a menos que quiséssemos impressioná-lo ainda mais com habilidades físicas incomuns, provavelmente teríamos que esperar que ele saísse.

Quando achei que as coisas não poderiam ficar piores, ele olhou diretamente para Macey e perguntou:

— Quanto você pesa?

— Ei! — gritei, me colocando entre eles. — Não foi nada, ok? De verdade! Foi como essas mulheres que levantam caminhões para salvar seus bebês. Foi assim que eu me senti. — Tentei fazer parecer que aquele momento tinha sido tão emocionante, cheio de adrenalina e estranho para mim quanto tinha sido para ele.

— É isso aí — acrescentou Macey.

— Mas os movimentos... — começou Preston.

— A minha mãe me obrigou a ter aulas de defesa pessoal — expliquei. (O que, definitivamente, não era mentira.)

— Uau! — exclamou ele, balançando a cabeça. — Espero que você tenha conseguido créditos extras.

— Sim — confirmei. (O que também *não* era mentira.)

— Bem... — Preston passou a mão pelos cabelos e ajeitou a gravata. — Eles devem ensinar alguma coisa especial nessa escola de vocês.

Macey e eu nos entreolhamos como se soubéssemos que *poderíamos* matá-lo, mas escapar depois seria um pouco mais difícil do que o normal.

Então ele riu.

E nós voltamos a respirar.

Ele olhou para nós duas com (como se ele não fosse filho de político nem nada) uma expressão sincera de gratidão e disse:

— Só fico feliz que eu tenha passado por aquilo ao lado de garotas como vocês.

— Sr. Winters! — chamou um dos agentes. — Estamos indo.

Um grupo de agentes cercou Preston, levando-o embora, mas Macey ficou por mais um momento.

— Bem, ele pareceu... legal? — Eu enfim consegui juntar forças para murmurar.

Mas Macey apenas olhou para mim.

— Você é uma espiã, Cam. Não sabe que as coisas nunca são o que parecem?

Não cheguei a falar sobre Zach. Não cheguei a dizer para ela o que tinha achado do discurso. Nem mesmo cheguei a perguntar à tia Abby se ela estava mesmo falando sério sobre contar a minha mãe que eu tinha sido pega ultrapassando os limites.

Eu simplesmente observei o Serviço Secreto se amontoar em volta da minha amiga mais uma vez. Um portão foi aberto e Macey caminhou em direção aos pais dela. O senador esticou a mão para pegar a dela, mas Macey já estava acenando, conquistando votos, sorrisos e cumprimentos.

E já havia uma voz na minha escuta dizendo que estava na hora de ir para casa.

Capítulo Quatorze

Você sabe quanto tempo demorou para voltarmos para a escola? 172 minutos. Sabe quanto tempo levou para as coisas voltarem ao normal? Bem... acho que ainda estou esperando que isso aconteça.

Assim que chegamos, o Sr. Solomon arrastou todas nós ao Subsolo Dois para repassar alguns vídeos de segurança e aplicar um teste surpresa. (Acertei 98%.) Quando subimos para o saguão, ouvi barulho de talheres e o ruído de gelo em nosso segundo melhor conjunto de cristais, mas eu estava sem fome alguma, principalmente depois de ver Macey entrando pela porta da frente.

— Macey! — gritei.

— Cam! — Bex e Liz correram atrás de mim. — O que está acontecendo?

Era uma noite normal numa escola muito diferente. Mas, mesmo para os padrões da Academia Gallagher, eu havia tido um dia excepcional, então corri para o hall de entrada e subi as escadas, ainda chamando:

— Macey!

Quando a alcancei, ela já havia tirado a jaqueta e estava usando uma blusa de seda. Ela usava um colar de pérolas no pescoço e havia enfiado o mesmo cachecol do comício dentro da bolsa. A cada passo, Macey despia sua fachada — seu disfarce —, uma peça de cada vez.

— Você voltou! — falei.

— É — disse ela, num tom incrivelmente cansado —, muito perspicaz. Ei, o que aconteceu com você hoje? — Ela deu outro passo e tirou outra peça de roupa de que só uma mãe seria capaz de gostar. — Quando a vi, você parecia meio... estranha?

— Espere aí — disse Bex. — Você a *viu*? — perguntou para mim.

— Sim, eu ia contar a você mas... nós não tivemos realmente uma oportunidade... e não era exatamente algo que você... e eu não sabia como... e...

— Cammie — cortou Bex.

Ela cruzou os braços, me encarou e me lançou aquele olhar de "você me deve uma explicação" que eu tinha aprendido a amar. E temer. (Bem, principalmente a temer.) Então eu soube que não poderia mais guardar o meu segredo.

— Eu vi uma coisa! — revelei. Em seguida, tive que me corrigir: — *Alguém*.

Os corredores à nossa volta estavam silenciosos. Escuros. Os dias estavam ficando mais curtos. O verão finalmente tinha acabado. E talvez tenha sido por isso que tremi ao dizer:

— Zach.

Tempo que levei para contar toda a história: 22 minutos e 47 segundos.

Tempo que eu teria levado para contar a história se não fosse constantemente interrompida: 2 minutos e 46 segundos.

Número de vezes que Liz disse: "Não pode ser!": 33.

Número de vezes que Bex me lançou seu olhar "Você poderia ter me levado junto": 9.

— Mas o que ele estava *fazendo* lá? — perguntou Liz outra vez (a sétima, para ser exata).

— Não sei... — consegui murmurar. — Quero dizer, num minuto achei que ele estivesse violando a segurança. Bem, tecnicamente, ele *violou* a segurança... E, no momento seguinte, eu o estava jogando no chão e...

— Olhando no fundo dos olhos dele — chutou Liz, porque, embora violação de segurança seja uma coisa séria, olhos nos olhos *nunca* devem ser ignorados.

— Será que o Instituto Blackthorne também estava lá em missão? — perguntou Bex.

— Talvez — respondi, sem convicção. Pensei no cartão-postal cifrado dele, um alerta, e no modo como ele tinha me olhado. — Mas é que algo nele parecia... diferente.

— O quê? — Bex quis saber. Pude sentir que ela estava andando na minha direção. Como um tigre. Ela era letal, bonita, e, no que dizia respeito à curiosidade, muito, muito parecida com um felino. — No que você está pensando?

Eu não sabia o que era mais preocupante: que tivesse havido uma brecha, por menor que fosse, na segurança de Macey, ou que Zach tivesse entrado por ela.

Pensei no garoto que havia me beijado na última primavera e no que tinha olhado para mim debaixo das arquibancadas.

— Ele parecia... — comecei devagar, ainda tentando montar aquele quebra-cabeça — preocupado.

— Ooh! — gritou Liz. — Ele quer proteger você!

— Não preciso de proteção — retruquei, mas ela apenas deu de ombros.

— O que vale é a intenção.

— Bem, há *outra* possibilidade — disse Bex, com um sorriso perverso. — Talvez ele tenha ido para baixo das arquibancadas porque sabia que você não resistiria a *segui-lo* até lá...

Ela foi baixando a voz enquanto me olhava, a ideia pairando no ar até que Liz precisou dizer:

— Para que vocês pudessem ficar a sós!

Tudo bem, não quero parecer metida. Nem antiprofissional. Nem infantil. Mas seria errado admitir que eu meio que tinha passado o dia inteiro torcendo para que aquele tivesse sido o verdadeiro motivo? (Em parte porque, como menina, seria um bom motivo e, como espiã, significaria que ele não estava envolvido numa conspiração para cometer alta traição.)

— Não — falei. — Não. Não é possível. Ele não sairia da escola, fazendo todo o percurso até Cleveland, entrando escondido numa área restrita e tudo o mais só para... me ver. — Virei-me para Macey, nossa especialista em tudo sobre *garotos.* — Não é?

— Não olhe para mim — disse ela, balançando as mãos (que, àquela altura, seguravam os sapatos dela, uma jaqueta e um broche da campanha "Siga em frente"). — Tenho um tipo totalmente diferente de problema com um garoto.

Espere aí. MACEY McHENRY TINHA UM PROBLEMA COM UM GAROTO? Eu não tinha certeza se tinha ouvido direito, e estava claro que eu não era a única.

— P-problema com um garoto? — gaguejou Liz. — VOCÊ?

Macey revirou os olhos.

— Não *esse* tipo de problema. É Preston.

— Ah... — disse Liz, que parecia colocar pilha, se você quer saber. — Ele é bem fofo. E realmente atento às regras sociais. Sabe, eu li um artigo...

— Ele é um idiota — cortou Macey.

— Mas vocês têm tanto em comum! — protestou Liz. Os olhos de Macey soltaram faíscas. — Quero dizer, tirando essa coisa de ser idiota.

— As coisas em comum são supervalorizadas — disse Macey com outro suspiro.

— Bem, então, qual é o problema? — perguntou Liz.

— O problema é que fomos atacados por três agentes bem treinados e sobrevivemos para contar a história — respondi sem nem sequer perceber que sabia a resposta o tempo todo.

— Bingo! — disse Macey. — E Preston ficou impressionado. Muito impressionado.

— Então os meninos *gostam* de meninas que chutam...

— Bex! — gritei, cortando a minha melhor amiga.

Só posso dizer que é realmente difícil lidar com meninos que querem...

A. sair com você; ou
B. matar você; ou
C. conhecer de onde vêm suas estranhas habilidades de defesa pessoal!

E, naquele dia, era bem possível que tivéssemos lidado com os TRÊS TIPOS!

Será que algum dia esse drama com garotos finalmente acabaria?! É sério. Eu gostaria de saber.

— Mesmo depois que você saiu, ele não parou de falar no assunto — contou Macey.

— Você poderia ter calado a boca dele — sugeriu Bex.

— Não pense que eu não fiquei tentada.

Um grupo de alunas do oitavo ano passou por nós, cantando a plenos pulmões, mas nós quatro ficamos paradas e em silêncio dentro da alcova escura.

— Você está sorrindo! — disparou Macey, acusando Bex de fazer algo típico dela. — *Por que* está sorrindo?

— Por nada — respondeu ela, balançando a cabeça. — Só continuo imaginando...

Bex não costuma deixar frases soltas. Ela sempre sabe o que vem em seguida, e nunca começa algo que não pode terminar. Então talvez fosse o fato de ela ter feito isso, ou a maneira como o sorriso desapareceu do rosto dela, mas alguma coisa fez com que eu prendesse a respiração enquanto ela procurava as palavras para dizer...

— Só continuo imaginando quanto eles ficaram chocados. Você sabe... *eles.* Acharam que estavam indo atrás de uma garota. Mas em vez disso encontraram...

— Garotas Gallagher! — Foi Liz quem terminou a frase.

As duas sorriram uma para a outra. Mas Macey e eu... nós apenas nos olhamos na escuridão, um novo entendimento caindo sobre nós quando falei:

— Mas eles *não ficaram* surpresos.

Capítulo Quinze

Já contei a história aqui; não quero repeti-la. Este é o meu registro oficial — e espero que seja a última vez que eu tenha que responder à pergunta: "O que aconteceu em Boston no último verão?".

Já contei isso tantas vezes que as palavras saem de modo automático, como um texto decorado, como uma música que não sai da cabeça.

Mas, depois disso...

Depois disso a história mudou.

Os fatos ainda eram os mesmos — eu me lembrava deles corretamente o tempo todo. Mas então compreendi algo completamente diferente. Quando repassei o filme em minha mente, não me concentrei nos socos e chutes. Naquela noite, vi os olhos, o modo como os braços estavam prontos para aparar os nossos golpes; como ninguém pareceu surpreso quando Macey desferiu uma perfeita manobra Malinowski num cara com o dobro do tamanho dela.

Uma espiã é tão boa quanto seu disfarce — sua lenda. Os caras maus não deveriam saber a verdade sobre nós.

Mas eles sabiam.

— Você tem certeza? — perguntou-me Bex. De novo.

Estávamos espremidas no esconderijo mais próximo, mais tranquilo e mais seguro que pude encontrar, cercadas pelos resquícios do projeto da primeira ninhada de pombos-correio secretos de todos os tempos. Liz estava sentada sobre uma gaiola virada de cabeça para baixo. Uma brisa leve soprou por entre as aberturas na parede, que deixavam ver a noite.

Roseville estava a apenas três quilômetros de distância. E Josh também. E a normalidade. Mas, de algum modo, o meu primeiro namorado e a vida perfeitamente comum dele pareciam pertencer a um mundo completamente diferente quando eu olhava para Bex, para Liz e, por fim, para Macey.

— Eles realmente não ficaram surpresos — disse Macey mais uma vez, quase rindo. Ela olhou para mim. — Por que não notamos isso?

Era como se nós duas tivéssemos errado uma pergunta fácil num teste surpresa, e Macey não podia evitar dar uma boa gargalhada por causa da nossa estupidez.

— Então... — disse Bex devagar, cuidadosamente — eles sabem.

Ela olhou pelos vidros das janelas como se *eles* estivessem lá fora enquanto conversávamos, porque, se sabiam quem éramos... sabiam onde morávamos.

— Não pode ser — protestou Liz. — Ninguém sabe a verdade sobre a Academia Gallagher.

Eu apenas acompanhei o olhar de Bex na escuridão e pensei em outra noite, em outra sala, quando Zach tinha me perguntado sobre o mistério que envolvia a morte do meu pai. Eu me lembrei das palavras dele naquele dia, abracei o meu próprio corpo e sussurrei:

— Alguém sabe.

— Então eles sabiam que Macey é bem treinada e foram atrás dela e de Preston mesmo assim? — perguntou Liz.

Vi as minhas melhores amigas olhando para mim — e, mesmo no escuro, eu não podia mais esconder a verdade.

— Bem... — comecei, devagar. — Preston estava no terraço conosco.

— Sim — disse Bex. Eu podia sentir a impaciência dela aumentando, então falei mais depressa.

— Eu consegui tirá-lo de lá e eles realmente não... se importaram.

— O que você quer dizer, Cam? — perguntou Liz.

— Que não estavam atrás dele — disse Macey. — Não estavam atrás de nós — acrescentou ela, mais alto. Então ela fez uma pausa e se encolheu. — O alvo era *eu*.

Havia dias eu temia aquele momento, pensando na garota do lago. Estava preocupada com o que essa compreensão faria com ela — com *a gente*. Mas, desde o momento em que saltou da limusine dos pais, Macey se tornou uma surpresa, e desta vez não foi diferente.

Ela estreitou os olhos na minha direção. Balançou a cabeça. Era exatamente o mesmo olhar que tinha quando manipulava uma fórmula na aula do Sr. Moscko-witz, como se as coisas finalmente começassem a fazer sentido.

— Vou falar com a minha mãe e com a tia Abby.

Comecei a caminhar na direção da porta, mas Macey me deteve.

— Você acha que elas já não sabem?

E então a verdade me atingiu. É claro que sabiam. Sabiam desde *sempre.*

— Então, ou eles vieram atrás de Macey, apesar do treinamento... — começou Liz.

— Ou por causa dele — concluiu Bex.

Porém, estava acontecendo a coisa mais estranha de todas. A lua nascia, cheia e clara. As luzes de Roseville brilhavam a distância. Tudo parecia vivo de novo, e eu podia ver isso em Macey. Era como se agora ela soubesse que não tinha sido aleatório: havia um propósito. E isso fazia toda a diferença.

— Acho que a pergunta é — disse Bex, cruzando os braços — o que vamos fazer com relação a isso?

Relatório de Operações Secretas

Por Cameron Morgan, Macey McHenry, Elizabeth Sutton e Rebecca Baxter (daqui para a frente referidas como "As Agentes")

Durante um compromisso de rotina civil, as agentes McHenry e Morgan foram atacadas por representantes de uma organização desconhecida, com afiliações e objetivos também desconhecidos.

Após duas semanas de extensa pesquisa (e algum hackeamento especialmente delicado feito pela agente Sutton), as Agentes descobriram o seguinte:

Há pelo menos duas dúzias de processos internacionais contra a McHenry Cosméticos (embora o creme para rejuvenescimento das pálpebras diga claramente na embalagem que cegueira temporária pode ser um efeito colateral).

Para grande surpresa de Macey, parece que o senador McHenry não tem nenhum filho ilegítimo (disso as Agentes entendem).

Nenhum detentor de uma quantidade significativa de ações da empresa da mãe de Macey fez alarde sobre a possibilidade de o valor das ações caírem depois da tentativa de sequestro.

A família McHenry tem aproximadamente 76 ex-funcionários decepcionados (dos quais Macey jurou que apenas 75 têm motivo para estar realmente zangados).

É fácil imaginar que uma família de espiões tenha muitos inimigos. Bem, acontece que isso não é nada perto de políticos e pessoas que produzem cosméticos semiperigosos. Quando localizamos todos os negócios escusos e escândalos políticos, a lista de suspeitos era longa — tipo, igual ao número de casas decimais do *pi*, que Liz sabe de cor —, e dormir não tinha ficado mais fácil.

— Isso é impossível — comentei com Bex um dia na aula de P&CL, mas Bex, infelizmente, entendeu errado, porque, em vez de se mostrar solidária, ela agarrou o meu braço e executou a manobra Axley mais perfeita que já vi.

— Ai! — gritei, olhando para ela. Mas Bex apenas riu.

— Fresca — disse ela, então deu um passo para trás. — Não é impossível. Tudo o que tem que fazer é jogar o peso do corpo contra...

— Não estou falando do movimento — disparei enquanto me levantava, jogava o peso do corpo e mostrava a ela. — Macey — sussurrei quando ela caiu no tatame.

— Ah! — exclamou ela, me encarando.

Do lado de fora, os primeiros sinais de cor apareciam nas árvores, e o vento ficava mais frio. O outono logo chegaria, e os mistérios do verão ainda estavam bem vivos.

— Eu toquei neles, Bex — disse, minha voz baixa contra o constante barulho de gemidos e chutes que enchiam o ambiente. A minha respiração ficou pesada. — Ouvi a voz deles, senti o hálito, e não posso dizer nada sobre eles a não ser... — Não consegui terminar.

Mas Bex, que é ótima tanto nessa coisa de ser espiã quanto de ser melhor amiga, leu os meus pensamentos:

— É o anel, não é?

Gotas de suor escorriam da minha testa para o meu queixo, mas não as enxuguei.

— Já vi aquele emblema em algum lugar antes.

— Acredito em você, Cam — começou Bex lentamente. — Mas você não fez um esboço dele para que Liz checasse no banco de dados da CIA?

— Fiz.

— E, se eles são tão bons quanto você diz, você acha mesmo que aquela mulher usaria um anel que pudesse nos ajudar a encontrá-la? Seria um erro — concluiu ela.

Eu só fiquei ali, a verdade não dita caindo sobre nós: eles não cometiam erros.

— Morgan! Baxter! — chamou o professor. — Voltem ao trabalho, por favor.

Ajudei Bex a se levantar.

— Você sabe... — disse ela. — Há um recurso que ainda não utilizamos.

Pela janela, vi minha mãe atravessando o pátio.

— Não! — exclamei quando Bex investiu contra mim, o pé dela passando perto demais da minha orelha para que eu me sentisse confortável. — Não vou espionar a minha mãe de novo — avisei, talvez alto demais, considerando-se que Tina Walters e Eva Alvarez estavam a três metros de distância.

— Quem falou na sua mãe? — sussurrou Bex para mim, gesticulando para a parede de pedras atrás de nós e para o Sr. Solomon.

— Nem pensar. Mamãe já foi difícil o bastante, mas o Sr. Solomon seria...

— Olhe de novo — murmurou ela.

Então vi que o Sr. Solomon não estava sozinho. Havia alguém com ele. Nosso professor estava sorrindo. Na verdade, os dois estavam rindo.

E entendi que minha melhor amiga achava que eu poderia bisbilhotar a vida da tia Abby.

Eu gostaria de dizer que, apesar das evidências dizerem o contrário, eu não gosto de violar as regras. Não gosto de invadir a privacidade das pessoas — sobretudo daquelas que amo. E tento nunca, nunca meter o meu nariz nos problemas dos outros. Ainda assim, eu não conseguia afastar o sentimento de que o que havia acontecido com Macey era problema meu, uma vez que eu tinha caído doze metros por um duto de metal e aterrissado num carrinho cheio de roupa suja.

Foi por isso que nos reunimos em nossa suíte na noite daquela quinta-feira.

E foi por isso que não protestei quando Bex perguntou:

— Então, todas entenderam?

Macey deu o laço em seus tênis de corrida e Liz pegou sua lanterna, enquanto eu ficava ali sentada dizendo que havia uma grande diferença entre espionar e bisbilhotar e que espionagem não tinha a ver com descobrir coisas constrangedoras, mas sim com salvar vidas (e outras coisas importantes).

Macey estava segura. O Serviço Secreto e tia Abby estavam no caso. Mas se alguém estivesse caçando Garotas Gallagher, então nenhuma de nós descansaria até descobrir quem. E por quê.

Relatório de Operações Secretas
FASE UM
18h30

Na noite de 1º de outubro, a agente McHenry anunciou para todas as pessoas no Salão Nobre depois do jantar que pretendia correr no bosque.

A agente Abigail Cameron anunciou que sua protegida não tinha autorização para ir ao bosque sozinha e que ela, a agente Cameron, estava com dor de cabeça, portanto a protegida não iria a lugar nenhum.

A agente McHenry (também conhecida como a protegida) anunciou que sairia para correr e que, se a agente Cameron não gostasse disso, poderia... (Bem, digamos apenas que foi em árabe. E não foi muito elegante.)

A agente Cameron anunciou (mais alto e em persa) que a protegida não sairia da mansão.

A agente McHenry respondeu (ainda mais alto) que iria, SIM.

E então escapou do Salão Nobre. Rapidamente.

A agente Cameron não teve alternativa a não ser segui-la.

Naquela noite, andando com Bex pela mansão, senti um leve frio na barriga — não por causa do que estávamos prestes a fazer, mas porque eu tinha medo de que realmente desse certo. Talvez eu descobrisse algo que não poderia esquecer. E todo espião sabe que há um motivo para sabermos apenas o necessário.

Espiei pela janela e vi um borrão, enquanto Macey corria pelo bosque, com Abby a seguindo de perto. De trás de uma árvore, uma lanterna piscou duas vezes — essa era a maneira de Liz nos dizer que a barra estava limpa. Tudo estava saindo de acordo com o planejado; ainda assim, eu me sentia nervosa enquanto andava na direção do quarto da minha tia e batia, mesmo sabendo que ninguém responderia.

Foram necessários dez minutos inteiros para invadir o quarto. Sim, dez minutos. Não necessariamente porque minha tia havia usado todos os recursos de vigilância conhecidos, mas porque não tínhamos certeza de que ela não havia usado. E Bex e eu não queríamos correr nenhum risco. (Afinal, estávamos no penúltimo ano!)

Quando finalmente entramos, prendi a respiração por algum motivo. Nossas lanternas iluminaram um monte de roupas que eu nunca tinha visto a minha tia usar. Havia uma penteadeira abarrotada de acessórios, bugigangas de outros lugares e outros tempos, e eu não tinha a menor dúvida de que cada um daqueles objetos tinha uma história que eu nunca tinha ouvido. Fazia semanas que eu vinha escutando as histórias emocionantes dela, mas todo espião aprende desde cedo que as histórias realmente importantes são aquelas que você nunca poderá contar.

Abby tinha voltado para nós — mas uma rápida olhada no quarto dela me dizia que uma parte dela ainda estava longe dali.

O feixe da minha lanterna quase me cegou ao se refletir no espelho. Uma pequena foto em preto e branco estava presa ao canto inferior do vidro. Fiquei um longo tempo ali, olhando para a imagem da minha tia, do meu professor favorito e do meu pai — todos eles rindo de uma brincadeira que já tinha acabado havia muito tempo.

Por um segundo, quase esqueci o que estávamos procurando. Alguém estava atrás de Macey, mas, naquele momento, minha tia era o mistério que eu mais queria solucionar.

— Cam.

A voz de Bex atravessou a escuridão quando o feixe da lanterna dela pousou sobre... uma imagem que eu esperava nunca mais voltar a ver.

— É isso — murmurei, me aproximando para olhar uma foto em preto e branco granulada, o close da mão de alguém.

Era muito boa, se levarmos em conta que foi tirada por um satélite da Agência de Segurança Nacional, a centenas de quilômetros da Terra. Não mostrava os rostos. Se eu não soubesse, não teria reconhecido os meus próprios ombro e pescoço. Mas a mão estava perfeitamente focada, o anel claro como o dia.

— Você reconhece essa imagem? — perguntei, sentindo o coração acelerado diante da prova de que, pelo menos, eu não estava caçando um fantasma criado pela minha mente.

Bex olhou fixamente.

— Talvez — disse ela, e depois balançou a cabeça. — Não sei.

18h30

Agente Cameron conseguiu arrastar a agente McHenry de volta à mansão.

Infelizmente, as agentes Morgan e Baxter não tinham como saber disso.

— Ah, Joe! — A voz de Abby ecoou no corredor. — Você vai me meter em muitos problemas.

Congelei, sem saber o que era mais aterrorizante: o olhar de Bex, o tom de flerte na risada da minha tia ou o som de uma chave sendo inserida na fechadura do quarto.

Eu não tinha a menor ideia do que fazer. Quero dizer, via de regra, se esconder nunca é uma boa opção. Se estiver em dúvida, saia, era o que o Sr. Solomon sempre dizia. Mas não tenho certeza do que ele diria quando ele é a pessoa prestes a pegar você no flagra.

— Cama! — falei, agarrando Bex pela nuca. — Agora!

Enquanto eu me enfiava embaixo da cama da minha tia, não pude evitar pensar nas milhares de vezes durante os últimos quatro anos e meio em que eu tinha me perguntado onde ela estaria e o que andaria fazendo. (Nota pessoal: tome muito cuidado com o que você deseja.)

— Ah, Joe, pare! — gritou minha tia quando a porta se abriu. — E se Rachel descobrir? Ela nunca me perdoaria.

No escuro embaixo da cama, Bex olhou para mim, os olhos dela tão grandes e brilhantes quanto a lua ao murmurar:

— Solomon!

Eu queria tapar os ouvidos e cantar. Queria estar em outro quarto — em outra galáxia —, mas apenas apertei bem os olhos.

E provavelmente foi por isso que não vi quando a coberta da cama foi levantada e duas mãos agarraram os meus tornozelos.

As minhas costas se arrastavam pelo piso de madeira enquanto uma força me puxava do meu esconderijo.

Minha tia olhou para baixo e disse:

— Olá, Esguicho.

A boa notícia é que o Sr. Solomon não estava em lugar nenhum à vista. A má notícia é que minha tia realmente não havia tido nenhuma dificuldade de *nos* encontrar.

— Bex, querida, você poderia nos dar um minuto?

Minha amiga olhou para mim. Uma das regras básicas de ser uma Garota Gallagher é simples: nunca deixe suas irmãs para trás. Mas, nesse caso, era diferente, e nós duas sabíamos disso.

— Vejo você lá em cima — falei, enquanto ela saía.

A porta se fechou atrás de Bex e Abby se virou para mim.

— Você cresceu mesmo.

— Tia Abby — apressei-me em dizer —, eu...

Eu pretendia dizer "sinto muito", mas ela concluiu por mim:

— Foi pega.

Ela se jogou na cama e tirou um mocassim (item padrão do Serviço Secreto) coberto de lama.

Olhei o quarto à nossa volta.

— Hum... Onde está o Sr. Solomon?

— E eu sei lá? — Abby deu de ombros. Ela deve ter entendido a minha expressão confusa, porque disse imitando seu tom de voz anterior: — Ah, Joe! — Minha tia riu. — Esguicho, você tinha que ter visto a sua cara.

— Eu fui tão óbvia assim? — perguntei.

— Ah, de jeito nenhum — disse Abby, e, por mais que isso pareça loucura, eu me senti orgulhosa. — Mas essa coisa da cama é meio que uma tradição da família Morgan.

— Por quê? A minha mãe...

— Ah, sua mãe, não. O seu pai — disse Abby, erguendo uma sobrancelha.

O seu pai. Ela apenas... disse. O meu pai estava sempre comigo e com a minha mãe, e, ainda assim, nenhuma de nós jamais dizia o nome dele. Então percebi que o meu pai era como um fantasma que só a tia Abby não temia. Ela foi até a penteadeira e pegou um saco de M&M's.

— Quer um? — ofereceu, estendendo o saco para mim.

Por um momento, pensei na primeira vez em que eu havia encontrado Zach, mas a lembrança logo desapareceu.

— Nossa, o seu pai adorava doces! — exclamou ela, enquanto afundava na cama. — Você puxou isso dele. Lembro uma vez, quando estávamos perseguindo um agente duplo num mercado em Atenas, e havia uma senhora vendendo chocolates. Eles pareciam muito gostosos. Olhei para o seu pai e vi que ele não conseguia tirar os olhos deles. Você sabe que o seu pai era um artista de rua, não sabe? Então ele estava seguindo o cara, enquanto eu estava numa sacada no segundo andar de um prédio, fazendo a vigilância e reportando tudo para Langley. E, embora o seu pai fosse muito profissional, eu sabia que ele queria tanto uma coisa doce que mal podia aguentar. O único problema era que...

Observei minha tia prosseguir. Havia um brilho nos olhos dela, uma facilidade com as palavras que acho que eu nunca tinha visto antes. Era só mais uma história divertida, um caso para entreter as pessoas. Quero dizer, sei que era confidencial e perigoso e que, ao me contar, ela devia estar violando uma dúzia de regras da CIA, mas, ainda assim, ela continuou falando. E eu ouvi.

— E isso é o que você precisa saber — disse ela, inclinando-se para a frente. — O lugar estava tão cheio que, se você piscasse na hora errada, poderia perder o sujeito, sabe? Então era uma perseguição difícil. Eu estava na sacada, mas a arrumadeira queria entrar para limpar o quarto. Ela estava gritando, então gritei de volta e me virei por... não sei... dois segundos. Sério. Não tem como ter sido mais que isso. E, quando olhei de volta, o seu pai estava com o rosto sujo de chocolate e sorrindo para mim.

Abby jogou a cabeça para trás e metade de mim quis rir com ela. Tentei imaginar o meu pai vivo, do outro lado do mundo. Mas a outra metade de mim queria chorar.

— Até hoje não sei como ele fez aquilo. Eu também voltei para dentro e olhei as fitas. — Ela esfregou as mãos como se estivesse limpando a poeira de algum mistério antigo, que havia desistido de solucionar. — Não havia nenhum sinal. — Minha tia olhou para mim de novo. — Ele era muito bom.

Ela se recostou na cama e disse:

— *Você* é muito boa.

O modo como ela me olhava mostrava que não estava falando como minha tia, mas como espiã.

Mas eu não queria ser comparada com o meu pai naquele lugar. Daquele jeito. Eu não merecia aquilo, então disse:

— Não sou, não.

— É, talvez não seja — disse Abby, e, apesar de eu mesma ter protestado, uma onda de mágoa me invadiu. Mas então ela arqueou uma sobrancelha e acrescentou: — Mas será.

Uma nova sensação me percorreu: alívio. Eu me senti... como uma garota. Como se eu não soubesse todas as respostas, e não houvesse nenhum problema nisso, porque ainda havia tempo para aprendê-las.

— Então você não vai contar para a minha mãe?

— Para quê? — perguntou ela, me encarando. — Para ela ficar zangada com nós duas?

Aquele parecia um bom argumento até eu me dar conta...

— Mas por que ela ficaria zangada com você?

— Por te mostrar isto.

Fui pega de surpresa pelo som de um caderno pesado sendo jogado em cima da penteadeira dela. Folhas de papel pareciam zumbir enquanto ela folheava as páginas.

— O livro das ameaças — disse minha tia quando olhei para o caderno.

A capa estava tão estufada que quase não fechava.

— E isto aqui é só deste mês — explicou ela. — Só com relação a Macey, sem contar o resto da família McHenry. — Ela continuava passando as páginas, mas eu não ousava ler uma palavra sequer. — Guardamos cópias de todas as cartas, e-mails, ligações para a emergência e cartões de entrega de flores estranhos. Registramos tudo, Cam, analisamos, estudamos e fazemos o que fazemos.

Ela folheou o caderno grosso uma última vez e repetiu:

— Isto é *só deste mês*.

Todo espião sabe que aquilo que não é dito é tão importante quanto — ou até mais do que — aquilo que é. Tia Abby não me disse que o que estava acontecendo era maior do que quatro Garotas Gallagher em treinamento e uma sala secreta. Ela não me disse que havia um monte de psicopatas no mundo, e que vários deles estavam obcecados por uma das minhas melhores amigas. Mas essas talvez fossem as únicas coisas de que eu tinha certeza quando caminhei para a porta.

Mas ainda havia uma coisa que eu tinha que perguntar.

— O que significa aquele símbolo? — indaguei, apontando para a foto da mão tirada pelo satélite, que tinha caído no chão.

Minha tia olhou para mim casualmente.

— Não tenho certeza. É uma das pistas que estamos investigando. No entanto, provavelmente não vai dar em nada. Eles eram bons demais para cometer um erro que nos levasse até eles.

— Bex também acha.

— Bex é boa.

— É — concordei, me virando para sair. Mas então parei. — Eu já o vi antes... antes de Boston.

— Você lembra onde?

Havia um novo brilho nos olhos da tia Abby, e tive a sensação de que estávamos num jogo, esperando para ver qual das duas piscaria primeiro.

— Vou lembrar — falei, o que não respondia à pergunta dela, mas tudo bem. Tive a sensação de que isso não importava.

— Se lembrar, me diga — pediu ela, e eu poderia apostar a fazenda (bem... o rancho dos meus avós) que ela já sabia.

Eu estava a meio caminho da porta quando ela me chamou.

— Cam... — Ela segurava um pedaço de papel. — Já que está aqui, você se importaria de entregar isto para Macey?

Fiquei no corredor durante um longo tempo, relendo várias vezes a primeira linha do bilhete, desejando que ele estivesse escrito em Evapopaper e tentando encontrar um jeito de fazer com que as palavras sumissem.

Itinerário: Sábado, 5 horas. Pavão sai da Academia Gallagher para Filadélfia, Pensilvânia.

Coisas Que Você Pode Fazer Quando A Vida De Uma Das Suas Melhores Amigas Está Em Risco, Ela Tem Que Ajudar O Pai Na Campanha À Vice-Presidência E Você Realmente Não Quer Que Ela Vá:

1. Bajular o Sr. Mosckowitz para ele aplicar logo o exercício em que as alunas do nono ano (o mesmo da Macey) ficam trancadas num quarto e não podem sair até resolverem a equação de Epstein.

2. Invadir os bancos de dados do Serviço Secreto e deixar indicações de que a amiga em questão tem feito algumas ameaças inacreditáveis a outro protegido, Preston Winters (porque ela realmente fez).

3. Se a amiga tivesse uma reação alérgica ao creme noturno da mãe, ainda em fase de testes, resultando numa terrível erupção de espinhas que a deixassem muito pouco fotogênica e provavelmente pouco atraente para eleitoras indecisas de 21 a 42 anos, então talvez ela não fosse solicitada para a campanha!

4. Duas palavras: intoxicação alimentar (mas só como último recurso).

Esses planos eram realmente bons. Afinal, não foi à toa que Bex e eu gabaritamos o teste do Sr. Solomon sobre pensamento logístico e planejamento bem-sucedido. Logisticamente falando, tínhamos a intenção de agir o mais secretamente possível, sem efetivamente amarrar Macey à carteira da sala (uma ideia que Bex propunha com frequência).

Mas o Sr. Mosckowitz não aplicaria o exercício do quarto trancado este ano, pois tinha desenvolvido claustrofobia depois de uma missão ultrassecreta durante o verão, que tinha a ver com um banheiro químico e duas cabeleireiras libanesas.

Quanto à segunda opção, o Serviço Secreto não levava as ameaças de morte feitas *pelos* seus protegidos muito a sério. Especialmente se eles fossem garotas. Mesmo que fosse uma Garota Gallagher.

E nós deveríamos saber que Macey nunca teria uma espinha. Jamais. Era contra as leis da natureza ou algo do tipo.

E, o pior de tudo: a última parte do nosso plano não funcionou porque ninguém pode ter intoxicação alimentar se não come nada.

Eu não sabia se era por nervoso, medo, ou se ela realmente estava voltando a ser a Macey que era quando chegou à escola um ano antes, mas noite após noite, nós nos sentávamos à mesa do penúltimo ano no Salão Nobre e a nossa amiga ficava remexendo a comida no prato, sem comer nem rir. Apenas esperando o que viria em seguida.

— Isso é ruim — disse Liz na sexta-feira de manhã, enquanto saíamos da aula de Cultura e Assimilação. Os corredores estavam ficando cheios, e o tempo estava se esgotando.

— Nós sempre podemos...

— Não! — retrucamos Liz e eu ao mesmo tempo, sem ter certeza de se aquela era a melhor hora ou o melhor lugar para sermos lembradas do argumento de Bex de que “ninguém consegue se livrar dos meus nós”. Mas foi Macey que nos fez parar.

— Está tudo bem, meninas — disse ela, virando-se para o laboratório do Dr. Fibs no porão. — Obrigada por tentarem, mas eu tenho que ir.

Pela maneira como ela disse isso, eu soube que tentar impedi-la de viajar estava fora de questão. Macey deu de ombros e acrescentou:

— Ossos do ofício.

Eu poderia ter discutido, implorado, mas, naquele momento, entendi que Bex e eu não éramos as únicas nascidas em famílias de profissionais — um destino genético. A primeira frase completa que Macey dissera na vida foi: “Vote no papai”, e nem mesmo uma tentativa de sequestro, exames do meio do semestre e nós três conseguiríamos afastá-la da campanha.

Enquanto Bex me arrastava para o Subsolo Dois, o caos nos corredores desapareceu, sendo substituído pelo zumbido suave do elevador e dos raios laser e por outras preocupações que eu tinha em mente.

— O que foi? — perguntou Bex.

— Zach — respondi, entorpecida.

— Cam, ele *é* encantador, não vou negar, mas não acho que garotos sejam o mais importante agora.

— Zach passou.

Pensei nele embaixo das arquibancadas. Pensei em mim naquele lugar. Na área restrita.

— Zach passou pela segurança. Se ele conseguiu... — Não terminei a frase, pois não queria dizer a pior parte do que tinha em mente.

Bex assentiu, também não querendo ouvir.

Um instante depois, estávamos saindo do elevador. Os nossos passos ecoavam enquanto corríamos, rodando e rodando pela rampa em espiral, descendo cada vez mais para as profundezas da escola.

— Não se preocupe, Cam — disse Bex, não demonstrando estar nem um pouco ofegante. — Vamos pensar em alguma coisa. Isso se o Sr. Solomon não nos matar por estarmos atrasadas.

Mas então ela parou. Em parte, acho, porque finalmente tínhamos chegado à sala de aula; em parte porque o nosso professor — talvez o nosso *melhor* e *mais rígido* professor — não estava em lugar algum.

Não sei como as garotas normais agem quando os professores não estão na sala, mas as Garotas Gallagher ficam quietas. Incrivelmente quietas. Porque agentes em treinamento aprendem muito cedo que nunca se pode acreditar plenamente que se está sozinho.

Então Bex não disse nada. Eu não disse nada. Até Tina Walters estava calada.

— Vocês são as alunas do penúltimo ano?

Eu não conhecia aquela voz. Virei-me e vi um rosto que eu não reconhecia. Um rosto de homem. Um senhor idoso usando o uniforme do departamento de manutenção da Academia Gallagher. No crachá dele estava escrito Art, e ele nos olhava como se soubesse que éramos as responsáveis pelo terrível derramamento de ácido clorídrico no laboratório do Dr. Fibs, que provavelmente tinha levado semanas para ser higienizado.

— Solomon disse que vocês eram a turma do penúltimo ano — disse Art.

— Sim, senhor — respondeu Mick, porque: 1) todas nós tínhamos aulas de cultura desde o sétimo ano, e Madame Dabney fazia muito bem o seu trabalho; e 2) na Academia Gallagher, todo mundo é mais do que aparenta.

Parecemos garotas normais, mas não somos. Os nossos professores poderiam se misturar ao corpo docente de qualquer escola, mas eles eram muito mais do que simples professores. Todas as garotas naquela sala sabiam que, para passar a aposentadoria no departamento de manutenção da Academia Gallagher, era preciso ter autorização do alto escalão e habilidades impressionantes — as pessoas estavam lá por um motivo. Então Art era um "senhor" para nós. Não havia dúvida alguma quanto a isso.

Ainda assim, ele nos olhava como se *nós* fôssemos exatamente o que ele esperava.

Quando ele se virou e se dirigiu para a porta, nossos olhos o acompanharam. Então ele parou e disse, olhando por cima do ombro:

— E aí? Vocês vêm ou não?

Do mesmo modo como tínhamos chegado ali, nós nos levantamos e o seguimos. Ninguém perguntou pelo Sr. Solomon, mas uma rápida olhada nas garotas que seguiam o homem da manutenção me disse que todas estávamos pensando exatamente a mesma coisa.

Bem, na verdade eram duas coisas: 1) onde estava o Sr. Solomon?, e 2) o que tinha acontecido com Art?

Ele mancava um pouco; o pé direito nunca tocava completamente o chão de pedra. A mão esquerda pendia contra a lateral do corpo num ângulo estranho, e óculos fundo de garrafa deviam fazer o mundo parecer bem diferente pelos olhos dele.

Mas nada disso o impediu de gritar "Walters!" quando Tina sussurrou alguma coisa para Eva, então tenho certeza de que não havia nada errado com a audição dele.

Atravessamos antigas portas de madeira com fechaduras que pareciam precisar de chaves de duas toneladas. Subimos mais, passando por salas que lembravam cenários de velhos filmes de terror.

Quando nos aproximamos do topo, andávamos todos mais depressa em direção ao elevador, percebendo que já éramos espertas, experientes e entendidas o suficiente para saber o que aconteceria em seguida. Mas uma das regras de ouro das operações secretas é *Sempre prever, nunca ter como certo*, e esse foi um bom momento para nos lembrarmos disso.

Porque Art gritou:

— Senhoritas!

E toda a turma parou de repente. Nos viramos para ver o homem parado em frente a uma daquelas portas enormes, que, até aquele momento, eu nunca tinha visto aberta. Ele esticou a mão para dentro e acendeu um interruptor. A luz tomou o lugar da sombra, dançando pelo piso de pedra enquanto ele dava um passo com a perna torta.

— Bex... — sussurrei enquanto entrávamos atrás dele. — Ele parece...

Mas não terminei. Ora, quem estou tentando enganar? Eu não *pude* terminar. Porque não estávamos entrando numa sala comum. Não era um lugar para uma aula qualquer.

Araras de roupas se estendiam por duas paredes compridas. No centro, havia prateleiras cheias de acessórios. Nos fundos do cômodo, havia uma fileira de espelhos, prateleiras e gavetas, todas meticulosamente rotuladas, esperando.

— É um *closet* — disse Eva Alvarez, admirada.

— E é... *enorme* — respondeu Tina Walters.

Sei que garotas normais provavelmente adorariam se ver dentro de um closet com o dobro do tamanho de uma casa nos subúrbios. Mas não naquele closet. Aquele só seria realmente apreciado por uma Garota Gallagher.

Todas nós entramos, cientes de que estávamos prestes a ter uma aula como nunca havíamos tido.

Eva acionou outro interruptor, e as luzes em volta dos espelhos no fundo do cômodo se acenderam, iluminando chapéus e perucas, óculos e dentaduras, sobretudos e guarda-chuvas.

Olhei para o homem que tinha nos levado até ali. Desviei os olhos da perna manca e do braço torto... então percebi.

Art caminhou até o centro da sala e disse: "Senhoritas". Tirou os óculos com a mão esquerda, que, pela primeira vez, parecia normal. Com um chute, livrou-se do sapato no pé direito, jogando-o para o alto, deixando um pequeno seixo cair em sua mão, e então apoiou-se completamente na perna direita. Por fim, tirou a peruca grisalha e a pousou na prateleira baixa que atravessava o cômodo.

Tina Walters engasgou. Anna Fetterman deu um passo vacilante para trás. O Sr. Solomon era a única pessoa na sala que sorria enquanto gesticulava para o closet da Academia Gallagher.

— Pequenas mudanças. Grandes diferenças.

Ele desabotoou a camisa de "Art" e ficou à nossa frente usando uma camiseta branca (no entanto, não tirou a calça preta).

— Bem-vindas à arte do disfarce.

Depois de um minuto inteiro, metade da turma ainda olhava fixamente para Joe Solomon, perguntando-se como Art, tão velho e até digno de pena, poderia ser o mesmo cara gato que víamos todos os dias de aula havia mais de um ano.

Mas eu tinha me virado, admirando o maior sonho de um camaleão: um lugar cujo único objetivo era fazer uma garota desaparecer.

Então vi Bex, e a minha alegria foi imediatamente substituída por um desconforto.

Porque ela estava sorrindo. Balançando a cabeça e sussurrando:

— Plano B.

Capítulo Dezesseis

Relatório de operações secretas

Depois de descobrir que a agente McHenry estava ameaçada por uma pessoa (ou mais de uma) que conhecia a verdadeira identidade da Academia Gallagher para Garotas Superdotadas, as agentes Morgan, Baxter e Sutton decidiram implementar uma missão-sombra para supervisionar a segurança da agente McHenry.

Isso também envolveu muita sombra do tipo para olhos.

Era loucura? Sim.

Era necessário? Talvez.

Havia alguma maneira de fazer Bex desistir da ideia? Só se concordássemos com a opção de amarrar na cadeira, então essa realmente parecia ser a nossa melhor alternativa.

Passamos toda a tarde de sexta-feira pesquisando, planejando e arrumando acessórios para disfarces, mas, na manhã de sábado, tudo o que pude fazer foi andar pelos corredores com Bex e Liz e lutar contra a combinação de nostalgia e nervoso que parecia aumentar a cada passo.

Afinal, havia meses que eu não saía da escola (extraoficialmente); que não abria nenhuma das passagens secretas; que não quebrava nenhuma regra. (Ok nenhuma regra *importante*.)

Mas, ao me aproximar da estátua das irmãs Rozell (duas Garotas Gallagher idênticas que tinham agido como agentes duplas — literalmente — durante a Primeira Guerra Mundial), não podia afastar a sensação de que eu estava prestes a abrir uma brecha para algo muito mais sombrio e profundo do que qualquer passagem secreta que eu já tivesse descoberto antes.

E isso foi antes de eu ouvir Liz gritar: "Ui!" e vê-la pular para trás, tropeçar no pé de Bex e cair contra a parede, arranhando o cotovelo.

As agentes levaram o equipamento necessário para uma operação de farsa-e-disfarce completa.

Entretanto, não levaram o equipamento necessário para combater aranhas assassinas.

Teias de aranha empoeiradas pendiam das vigas baixas, como detectores de presença naturais. As maiores aranhas que eu já tinha visto na vida fugiram da luz e eu apenas fiquei ali, lembrando que havia muitos, muitos motivos pelos quais uma Garota Gallagher deveria treinar sempre. Um: você não quer ficar fora de forma. Dois: você nunca sabe quando vai precisar do treinamento. E três: se passar muito tempo sem usar as passagens secretas, *outras coisas* tendem a se apoderar delas durante a sua ausência.

Até mesmo Bex deu um grande passo para trás. (Porque, embora ela fosse perfeitamente capaz de enfrentar três atacantes armados ao mesmo tempo, aranhas eram uma coisa bem diferente.) Mas era para Liz que eu estava olhando. Afinal, ali estávamos nós, trancadas no lugar mais seguro do país e, ainda assim, ela já estava sangrando.

— Ei, Liz, talvez você deva ficar aqui. Sabe... para montar uma central de comunicação?

— Vai ser melhor se eu estiver no local — rebateu ela.

— Você pode nos dar cobertura se alguém perguntar onde estamos — acrescentei.

— Hoje é sábado — me lembrou ela. — Estamos numa mansão. E você é famosa por desaparecer.

— Mas...

Eu não sabia o que estava acontecendo comigo, mas, de repente, senti que poderiam mudar meu apelido de Cammie, a Camaleão, para Cammie, a Aliciadora. Eu estava prestes a fugir da escola (de novo), para fazer algo que não deveria (de novo). Mas não era isso o que me preocupava enquanto eu olhava para Liz, que mal pesava 45 quilos, e depois para o túnel secreto que devia nos levar até homens realmente maus, com armas de verdade.

— Liz, é só que...

— Por que você não pede que Bex fique? — retrucou ela, mas todas nós sabíamos a resposta: Bex só perderia aquilo se estivesse inconsciente. E amarrada. E trancada num *bunker*. Na Sibéria.

Essa ideia quase me fez rir. Quase.

— Talvez fosse melhor você ficar fora disso, Liz — disse Bex.

E então eu percebi que minha melhor amiga concordava comigo. Uma vez que seguíssemos adiante, não haveria volta. Em muitos sentidos.

Liz é um gênio — do tipo que deixa o restante de nós com vergonha. Sem dúvida, ela sabia quais eram as dificuldades. Provavelmente tinha calculado a probabilidade de sermos pegas, de nos machucarmos, e (se pensar nisso não fosse traumático demais para ela) de perdermos muitos pontos nos nossos exames de meio de semestre. Ainda assim, ela se virou de um modo desafiador e abriu caminho por entre as teias de aranha.

Não havia como esconder os nossos passos — não dava para voltar atrás, então Bex fez um gesto com o braço, na direção da porta, convidando-nos a passar antes dela.

Adentrei a escuridão com nada além do meu treinamento, do meu disfarce e das minhas amigas, que me seguiriam até o fim do mundo, não importava o que estivesse à nossa espera do outro lado.

Bem, acontece que o que estava nos esperando era uma minivan Dodge 1987.

E Liz tinha as chaves.

— Liz — falei, andando na direção dela e rezando para que nenhum carro viesse no sentido oposto e nos visse.

(Em parte porque realmente não deveríamos estar ali. Em parte porque... bem... era uma minivan *horrorosa*.)

Mas Liz disse:

— Entrem. — Então parou. — Quem vai dirigir?

Bex correu para pegar as chaves, mas, dada sua tendência a esquecer de que lado da rua deveria ficar, eu as arranquei das mãos dela.

— Liz — comecei, olhando o para-choque enferrujado —, quando você disse que arranjaria um carro... Liz, onde conseguiu isso?

— É um projeto — disse ela simplesmente, acomodando-se no banco de trás e afivelando o cinto de segurança.

Abri a porta do lado do motorista e, por um instante, achei que ela fosse cair. Olhei para o assento. O estofamento estava saindo pelas costuras puídas. O volante estava todo remendado com Silver Tape.

— Que tipo de projeto? — perguntei, com um pouco de medo da resposta, porque algo me dizia que empurrar aquela van até a Filadélfia não ajudaria muito os objetivos da nossa missão.

— Ah, dê aqui essas chaves — disse Bex, pegando-as da minha mão.

Ela a enfiou na ignição, girou e... nada.

— Que ótimo! — exclamei. — Ela nem funciona.

Mas então eu senti. O carro estava ligado, mas era quase completamente silencioso — quase completamente imóvel.

— Nova tecnologia — disse Liz, encolhendo os ombros. — Dr. Fibs me ajudou. Até agora, conseguimos que ele faça cem quilômetros por litro. — No rosto dela, havia apenas um ínfimo esboço de sorriso triunfante. — Mas acho que, até o Natal, vou conseguir com que faça 140.

Quem disse que Garotas Gallagher que se dedicam à pesquisa e a planejar operações nunca têm uma chance de salvar o mundo?

Passamos as horas seguintes em silêncio. Bem, se por silêncio você entender que Liz estava tagarelando sem parar, como sempre faz quando está nervosa, e Bex ignorando-a completamente, como sempre faz quando *ela própria* fica nervosa. E eu? Apenas dirigi, atenta à chuva que havia começado assim que cruzamos a fronteira da Pensilvânia. Os limpadores de para-brisa não eram de tecnologia tão alta quanto a do motor, porque ficavam agarrando e travando, deixando marcas no vidro que refletiam a luz dos faróis que passavam na direção oposta, e, quando chegamos à Filadélfia, tudo o que eu via era um borrão.

— Vire à direita — disse Liz, indicando o caminho por ruas de paralelepípedo.

Prédios mais antigos que a Declaração da Independência erguiam-se em direção ao céu chuvoso. Talvez eu estivesse esperando a barulheira de Ohio, os bloqueios e o caos do comício, mas, quando espiamos para fora do para-brisa embaçado na direção das ruas completamente escuras, não pude deixar de pensar que alguma coisa estava... diferente.

— Tem certeza de que estamos no lugar certo? — perguntei.

Liz se inclinou para o espaço entre os dois bancos da frente, mas, antes que pudesse agir como se tivesse sido insultada, fiz uma curva e vimos uma grande construção de pedra que tinha o tamanho equivalente ao de duas quadras inteiras. Colunas gigantescas se estendiam pela fachada, fazendo com que o prédio se parecesse mais com um templo romano do que com uma estação de trem. E ali, bem no centro, havia um *banner* com 15 metros de comprimento onde se lia: WINTERS-MCHENRY: COLOCANDO OS ESTADOS UNIDOS DE VOLTA NOS TRILHOS.

A chuva ficou mais forte e poças começaram a se formar nas calçadas. Ao meu lado, Bex disse:

— Chegamos.

Capítulo Dezessete

Toda missão é uma lição — na escola e na vida. E antes mesmo de chegarmos à porta da estação da 30th Street, aprendi duas coisas muito importantes.

1. Trocar de roupa no banco traseiro de uma minivan Dodge, com duas outras garotas, sem dúvida merecia valer créditos extras em P&CL (Proteção e Cumprimento da Lei).
2. Você nunca, nunca deve confiar em outra agente para fazer as suas malas — nem mesmo nas suas melhores amigas.

— Não acredito que estou usando isso — murmurei enquanto puxava a barra do vestido preto curto que Bex havia contrabandeado pessoalmente do Subsolo Dois. Só que aquilo não parecia um vestido. Parecia... tortura. Tortura com um decote *muito cavado* nas costas e sapatos *muito altos*.

Limusines estavam enfileiradas ao longo da escadaria principal. Agentes do Serviço Secreto montavam guarda em todas as saídas possíveis, mas, ainda assim, Bex sussurrou:

— O segredo de farsa e disfarce é romper com as tendências e a normalidade.

E, naquele exato momento, percebi que ter amigas gênios muito boas em decorar os livros didáticos às vezes pode ser algo muito ruim, porque ela tinha razão: nada naquele vestido era *normal*.

De todo modo, não pude deixar de dizer:

— Então *você* deveria estar usando isso.

Mas Bex apenas deu de ombros e disse:

— Eu adoraria. E esse é o problema.

Eis o que você precisa saber sobre disfarces: não se trata de não ser vista. Não se trata de não ser notada. Trata-se de não ser reconhecida — despir-se de sua própria pele. E, naquele momento, eu não estava preocupada com o Serviço Secreto nem com quinhentos patrocinadores influentes. Naquele momento, a nossa única preocupação era a tia Abby: enganá-la significava deixar as nossas verdadeiras identidades na van.

Olhei para Liz, cujos longos cabelos louros estavam escondidos debaixo de uma peruca castanho-escura. Bex também estava de peruca, além de óculos e uma roupa acolchoada que mudava sua silhueta atlética. Nós estávamos usando todos os truques do closet da Academia Gallagher, e, quando passamos pelas janelas de vidro escuro da estação, tive um vislumbre de três estranhas antes de perceber que, por incrível que parecesse, éramos nós. Não reconheci nem a mim mesma com aquela peruca, as lentes de contato coloridas e um nariz falso que transformava o meu rosto comum em um que... era bem incomum.

— Ok, garotas, de acordo com as plantas, há um pequeno acesso ao elevador do lado leste do prédio. Talvez a gente fique um pouco suja, mas...

— Achei que simplesmente passaríamos pela porta — disse Liz, fazendo aparecer três convites lindamente gravados e três identidades falsas perfeitamente idênticas às reais.

As entradas custavam 20 mil dólares cada. O Serviço Secreto havia passado semanas conferindo a lista de convidados, então Bex e eu paramos embaixo de um poste e olhamos para Liz.

— Será que eu quero saber onde você conseguiu isso? — perguntei.

Liz pareceu pensar por um instante e depois respondeu:

— Não.

E então eu me lembrei de que ela provavelmente era a mais perigosa de todas nós.

Entrar na estação foi como adentrar outro mundo. Belos entalhes cobriam o teto que tinha pelo menos 15 metros de altura. Um quarteto de cordas tocava no balcão do segundo andar, e a música ecoava no piso de pedra enquanto 500 homens e mulheres comiam, bebiam e conversavam sobre a corrida à Casa Branca.

Eu não queria pensar em que tipo de favores antigos alguém tinha que cobrar para conseguir fechar toda aquela estação por uma noite inteira (e, pensando nisso, acho que algum ato do Congresso realmente devia estar envolvido), então fiquei parada no alto das escadas, com as minhas melhores amigas e uma enorme estátua do arcanjo Miguel, que amparava um soldado ferido nos braços, as asas prontas para levantar voo. De algum modo, parecia que nós quatro estávamos protegendo Macey.

— Algum sinal? — perguntei 20 minutos depois, enquanto caminhava pela multidão.

— Negativo — respondeu Bex.

— Uau! Vocês sabiam que o sistema ferroviário da Pensilvânia é da época do...

— Liz! — gritamos Bex e eu ao mesmo tempo.

— É Rato de Biblioteca — nos corrigiu Liz, e eu não pude reclamar.

— Rato de Biblioteca, o que era mesmo que a programação oficial dizia? — perguntei, pois precisava ouvir de novo.

— Que a Macey vai fazer uma aparição pública hoje. Ela vai chegar às 7h30, pelos Fundos da Via Expressa... seja lá o que for isso.

— Que horas são? — perguntei.

— Você sabe que horas são — lembrou-me Bex, mas eu esperava que estivesse errada, porque os candidatos e as famílias deles estavam... atrasados.

Atrasos significavam erros.

Erros significavam problemas.

E problemas... bem, eu realmente não estava a fim de pensar no que eles significavam.

Enquanto eu observava a multidão, os avisos do Sr. Solomon continuavam vindo à minha mente e eu pensava que os caras maus podiam ser qualquer pessoa, podiam estar em qualquer lugar — e sabiam quem nós éramos. E eles só podiam ter sorte... uma vez.

Talvez tenha sido o meu treinamento de espiã; talvez fosse minha imaginação maluca e hiperativa... mas, para onde quer que eu olhasse, as pessoas pareciam suspeitas.

Um homem de gravata-borboleta vermelha havia esbarrado em mim não uma nem duas, mas três vezes, e tinha... as mãos um tanto bobas. O meu primeiro instinto foi chamar Macey pela escuta para saber se ele estava flertando, mas então me lembrei de que a Garota Gallagher que, sem dúvida, saberia a resposta era justamente aquela para a qual eu não poderia perguntar.

— Camaleão. — A voz de Bex ressoou no meu ouvido. — Cammie, você está...

— Estou aqui — respondi.

— Qual é o problema? — O sotaque dela estava carregado de novo.

— Nada. Quero dizer... — Eu estava circulando, me mantendo o menos escondida possível, mas alguma coisa estava... errada.

— Olhos — falei, citando o último recurso dos agentes: o instinto. — Sinto olhos. Alguém está observando.

— Claro — disse Bex, com um sonoro dããã. — Você está sexy!

Bem, isso explicava uma coisa. Porque eu sou boa em me esconder. Em ficar invisível. E não era *nada boa* nisso de ser sexy.

Abri caminho por entre a multidão de novo, sabendo que estava ficando cada vez mais tarde, e eu não podia deixar de ficar cada vez mais preocupada. Flashes do que havia acontecido em Boston ficavam passando pela minha cabeça. Fechei os olhos e senti um calafrio, vi uma multidão quase idêntica e tive uma sensação quase igual à da outra vez.

— Rato de Biblioteca, Duquesa — comecei, mas me interrompi porque não fazia ideia do que dizer em seguida. — Algum sinal deles? — perguntei por fim.

— Nenhum ônibus — disse Liz, de seu ponto de observação à janela.

— Nada na entrada leste. Espere... — disse Bex, parando de repente.

A sensação na multidão estava mudando. Uma energia quase palpável tomava a estação histórica, então olhei pelas enormes janelas para o céu nebuloso, meio que esperando ver um relâmpago.

— Ah, meu Deus! — disse Liz, com a mesma surpresa que Bex demonstrara.

— O que foi? — perguntei, alto, sem me importar se alguém ouviria.

Virei-me, parando de frente para a entrada principal, mas então senti a multidão mudar atrás de mim. Girei o corpo lentamente e percebi que não havia ônibus. Não havia escolta.

Em vez disso, um trem longo, parecendo muito velho, e com um antigo galhardete azul, vermelho e branco pendurado no vagão, movia-se lentamente para dentro da estação.

No instante seguinte, não importava quão boas eram as nossas unidades de comunicação, porque os gritos dos 500 eleitores alucinados eram capazes de encobrir até mesmo a voz das minhas melhores amigas dentro dos meus ouvidos.

O governador Winters e o pai de Macey saltaram para o palco montado atrás do vagão, seguidos das esposas. Macey e Preston estavam um passo atrás deles.

Esperei que o frio na minha barriga diminuísse. Disse a mim mesma que era loucura. Afinal, Macey estava sorrindo e acenando. Ela era a agente perfeita, com o disfarce perfeito. Tia Abby estava ao lado dela. A minha amiga estava bem.

Por um segundo, fui tomada por uma onda de alívio diferente de qualquer coisa que eu já houvesse sentido antes. Mas então a multidão se moveu e, por uma fração de segundo, os meus olhos passaram em um homem.

Um homem de cabelos brancos bagunçados e sobrancelhas fartas.

Um homem que eu já tinha visto antes.

Em Boston.

Capítulo Dezoito

Aquilo não significava nada. Provavelmente não era nada. Afinal, deviam haver muitas pessoas que iam a convenções políticas *e* comícios. E o Serviço Secreto estava lá — o Serviço Secreto era *bom.*

Ainda assim, eu não sabia o que era mais assustador: se o fato de eu ter visto, no meio daquela multidão, um homem com quem eu tinha, literalmente, esbarrado no mesmo dia em que minha amiga havia sido atacada, ou se o fato de aquele rosto familiar ter desaparecido num piscar de olhos.

— Duquesa! — praticamente gritei, mas a multidão fazia muito barulho, o movimento era muito rápido e as pessoas que queriam que a cédula Winters-McHenry vencesse as eleições estavam agitadas demais enquanto eu tentava chamar as minhas amigas pelas unidades de comunicação. — Duquesa, tem um cara... de terno...

Subi a escadaria principal para poder vasculhar melhor a multidão, e foi então que percebi que eu havia acabado de descrever metade das pessoas que estavam ali aplaudindo.

— De terno escuro — acrescentei. — Com cabelos brancos que fazem ele parecer louco e sobrancelhas muito grossas. Bigode. — Eu ia listando as características do suspeito à medida que me lembrava delas.

A agente percebeu que saltos incrivelmente altos tornavam muito difícil perseguir com rapidez pessoas em pisos escorregadios.

A banda começou a tocar. As pessoas bebiam. Então voltei a ver o rosto no final da plataforma, onde o trem estava parado. Reconheci alguma coisa na maneira como ele se movia, e a minha mente voltou ao lobby do hotel em Boston enquanto a delegação texana cantava.

Então olhei de relance para o trem e vi tia Abby de pé nos degraus laterais, a três metros de Macey, e exatamente onde deveria estar. O homem de cabelos brancos se aproximou.

Eu não sabia como descrevê-lo, e talvez esse fosse o aspecto mais notável. Ele estava se movendo no meio da multidão como se tivesse que ir para algum outro lugar. Podem me chamar de louca, mas acho que ninguém paga 20 mil dólares para sair bem no meio do evento.

Corri pela multidão o mais rápido a que me atrevi sem: A) cair; e B) chamar atenção. Eu estava me saindo muito bem nas duas coisas até que um garçom escolheu aquele momento para derrubar uma bandeja de champanhe. Enquanto os copos caíam, dei um passo para o lado e girei o corpo.

E esbarrei direto em Preston Winters.

— Oh, me desculpe! — exclamou ele, segurando os meus ombros como se eu estivesse prestes a cair. (Eu não estava, mas ele provavelmente não precisava saber que eu havia tido módulos inteiros do curso de Proteção e Cumprimento da Lei dedicados a ajudar as agentes a manter o equilíbrio.) — Você está bem? Posso pegar um ponche para você... ou alguma outra coisa?

— Estou bem, obrigada — falei e comecei a repassar mentalmente a lista de coisas que estavam dando errado naquele momento, me esquecendo da mais preocupante de todas.

— Nós já nos vimos antes? — perguntou Preston, me olhando de um jeito que demonstrava que, apesar da longa peruca preta e do vestido justo, havia algo familiar em mim.

— Não. Acho que não — respondi, com meu melhor sotaque sulista.

Tentei me afastar. O homem estava percorrendo a extensão do trem e entrando no túnel de pedra de onde o veículo havia saído. Eu apenas fiquei ali, avaliando as minhas opções.

A agente se arrependeu de não ter levado os novos adesivos tranquilizantes em forma de Band-Aid do D. Fibs. Também se arrependeu de não ter levado Band-Aids normais, porque os sapatos realmente estavam acabando com seus pés.

O pai de Preston ficou de pé no palco improvisado atrás do vagão do antigo trem — uma homenagem palpável a tempos melhores — e disse para a multidão:

— Vamos botar os Estados Unidos *de volta nos trilhos*!

As pessoas vibraram, mas eu estava muito ocupada ouvindo duas vozes. Uma pertencia ao garoto à minha frente, que dizia:

— Já sei. Você esteve no comício em Atlanta, não foi?

A outra zunia no meu ouvido enquanto Bex gritava:

— Vocês *nunca* vão acreditar em quem está aqui! Estou olhando para...

Mas então a voz da minha amiga sumiu e tudo o que ouvi foi estática. O meu primeiro impulso foi o de levar a mão ao ouvido e gritar como uma completa amadora, mas não fiz isso.

— Tenho certeza de que já nos vimos antes — insistiu Preston, alheio ao pânico que eu estava sentindo. — Ora, vamos... Me ajude a lembrar.

Eu poderia ter mentido. Poderia ter brigado. Mas momentos desesperados pedem medidas desesperadas, então me arrisquei a usar o último recurso das Garotas Gallagher. Eu flertei.

— Desculpe — falei, batendo os meus cílios postiços. — É só que fico um pouco sem fala quando estou perto de um homem tão bonito.

— Humm... — Preston engoliu em seco. — Bonito?

Senti o jogo virar imediatamente.

— Sim — respondi, estendendo a mão para tocar o bíceps dele. — Você é bem mais forte do que parece na TV.

Ele engoliu em seco de novo e, de algum modo, conseguiu murmurar:

— Você sabe, eu levanto... *coisas*.

— Ah, aposto que sim.

No meu ouvido, a voz de Bex estava misturada à estática, mas a minha missão naquele momento era me livrar de Preston Winters sem que ele percebesse que a garota de vestido preto era a mesma garota do terraço.

— Sabe, esse é o seu terno de que eu mais gosto. Também gosto do marinho de risca de giz, claro, mas você estava usando aquele em Boston, não estava? Então agora *este* é o meu favorito... — Eu ia começar a tagarelar sobre qual das gravatas de Preston combinava mais com os olhos dele, mas, antes que eu pudesse dizer uma palavra, ele já estava apontando para seus pais do outro lado da estação.

— Espere. Bem, você sabe, acho que eles precisam de mim para... coisas.

— Ah, mas... — falei, quando ele começou a se afastar.

— Obrigado pelo seu voto — gritou ele, se virando.

Mas eu já tinha sumido.

— Duquesa... — tentei chamar, enquanto me aproximava do túnel de pedra. — Duquesa... — tentei de novo, dando uma olhada rápida para o comício, para tia Abby e Macey.

Então eu soube que tinha duas opções. A primeira: eu poderia acenar para a minha tia, o que poderia me dar reforços e a possibilidade de ela contar para a minha mãe o que eu estava fazendo. Ou a segunda: eu poderia seguir uma pessoa envolvida numa tentativa de sequestro por um túnel escuro, sem cobertura, sem ajuda.

Então escolhi a segunda, porque, naquele momento, era a menos assustadora das minhas opções.

Quando entrei no espaço mal iluminado, o som da multidão foi sumindo atrás de mim, e, no meu ouvido, a minha unidade de comunicação começou a estalar e a zumbir.

Caminhei pelo chão de concreto do túnel escuro com os meus sapatos (totalmente desconfortáveis) tão silenciosos quanto um sussurro. Mas isso foi antes de a mão de alguém tapar minha boca, um braço me agarrar com força pela cintura e outra pessoa tirar os meus sapatos.

— Ei, Camaleão, como vai? — A voz de Bex soou forte no meu ouvido.

O meu primeiro pensamento foi lutar contra os braços que me seguravam. O segundo foi: "Como posso ouvir Bex se a minha unidade de comunicação parou de funcionar?".

Então os braços me soltaram e eu me virei, dando de cara com a minha melhor amiga.

— O que você está fazendo aqui? — perguntei.

— Adivinha quem mais veio de Roseville? — perguntou ela, sorrindo e piscando.

— Bex, hoje é sábado. Realmente não estou a fim de fazer um teste se puder evitar.

Então ela me pegou pelos ombros e me girou.

— *Olhe.*

Na primeira vez em que vi Joe Solomon, ele entrava no Salão Nobre durante o jantar de boas-vindas do meu ano de caloura. Nenhuma de nós sabia de onde ele tinha vindo ou por que estava lá. Ali, em meio às sombras, não era difícil lembrar aquela sensação.

— Ele fica lindo de smoking — comentou Bex.

Eu ia começar a repreendê-la porque... bem... aquele era o tipo de coisa óbvia que não precisava ser dita, e porque tínhamos mais com que nos preocupar. Outras coisas realmente importantes. Porque, naquele momento, o Sr. Solomon não estava mais sozinho.

— Ah, ele tem outro amigo bonito de smoking — provocou Bex.

Mas eu sabia que não era nada disso — eu tinha visto aquele homem, o cabelo branco revolto e as sobrancelhas fartas dele. Eu *o* tinha visto. Em Boston.

Os dois homens conversaram por um instante, então o Sr. Solomon se virou e começou a se afastar, mudando o ritmo dos passos a fim de ouvir se alguém o seguia pelo túnel escuro, um método de contravigilância que estaria num livro didático, se houvesse algum. Bex piscou para mim, mais do que disposta a encarar o desafio, e então seguiu pelo túnel, mantendo uma distância segura do nosso professor. Mas eu simplesmente fiquei encarando o homem que Joe Solomon havia deixado para trás.

Alguém que ele conhecia.

Alguém que ele parecia respeitar.

Alguém que tinha a tendência de estar onde Macey — e eu — estivéssemos.

Talvez tivesse sido alguma beleza interior que Bex houvesse visto e eu não. Talvez tivesse sido o modo como o homem de cabelos brancos havia se aprumado no túnel escuro e caminhado, com uma graça que não parecia pertencer ao corpo dele. Mas, por algum motivo, pensei no Sr. Solomon usando o uniforme de "Art" e dizendo-nos que a arte do disfarce não é complicada e que, na verdade, é bem simples: basta dar aos olhos algo novo em que se focar, para que a mente não *veja* de verdade.

A minha mente voou para Boston e de volta, a sensação de *déjà vu* ficando cada vez mais forte, as peças do quebra-cabeça se encaixando. Fechei os olhos e vi os olhos, não as sobrancelhas; a boca, não o bigode. Despi o disfarce item por item, até que fiquei no escuro, finalmente vendo.

— Zach.

Preciso admitir que, naquele momento, tive sentimentos contraditórios. Eu tinha visto Zach! Sem dúvida, ele estava disfarçado. Provavelmente todos os garotos (ainda mais os Garotos Blackthorne) são mestres na arte da farsa!

Mas isso não mudava o fato de que eu tinha imaginado vê-lo diversas vezes até finalmente ficar cara a cara com ele em Ohio. Naquele momento, entendi. Respirei fundo, percebendo que, por um lado, eu não tinha ficado pensando obsessivamente em Zach em Boston. Minha mente não havia ficado pregando peças em mim. Eu não era uma maníaca — muito menos uma maníaca por garotos.

Por outro lado, ele estava na minha cola. E, como espiã, eu não sabia o que era pior.

O Serviço Secreto estava montando guarda nas extremidades do túnel, mas uma pequena passagem de serviço estava aberta; um carrinho carregado com travessas de comida e engradados de bebidas esperava para ser embarcado no trem. Zach caminhou lentamente em direção a ele, e então desapareceu de repente.

Por um segundo, tive que piscar, mas não havia dúvida alguma de para onde ele tinha ido. A única questão era... por quê?

Vi Bex se aproximando do fim do túnel, ainda mantendo distância do Sr. Solomon. Assim que saísse dali e voltasse a ter sinal em sua unidade de comunicação, ela diria a Liz que estava de olho no nosso professor. A distância, o quarteto de cordas tocava a mesma música que eu tinha ouvido em Ohio, depois dos mesmos discursos. Ao meu lado, o trem soltou fumaça. Ouvi o gemido metálico da locomotiva, que não voltaria a ser acionada por muito tempo.

Então fiz a única coisa que podia.

Embarquei.

Capítulo Dezenove

Aprendi muito naquele dia. Como, por exemplo: nunca deixar Bex escolher o que comprar para comer durante as paradas da viagem; sempre ter um par de sapatos sobressalente. E, meia hora depois, eu soube que teria que acrescentar mais um tópico à lista:

Nunca, jamais se voluntarie para fazer vigilância num trem em movimento.

Sobretudo se entre os passageiros do trem estiverem sua tia, uma de suas melhores amigas (que não sabe que você está lá) e 37 agentes do Serviço Secreto dos Estados Unidos!

O trem tinha 17 carros com corredores estreitos e guardas armados, cabines apertadas e pessoas que estavam à frente nas pesquisas eleitorais e tinham ingerido altos níveis de cafeína. Então baixei a cabeça, me espremi por um corredor e tentei não me esquecer de que, quando se é flagrado num lugar onde não deveria estar, a regra número um é simples: seja outra pessoa.

Peguei a prancheta mais próxima e caminhei, decidida, pelo corredor apinhado. A locomotiva rangeu, entrando em ação. As cabines zuniam. E eu continuei andando, sorrindo, agindo como se eu estivesse maravilhada por fazer parte da história.

Zach poderia estar em qualquer lugar e, a julgar por suas habilidades de disfarce, poderia ser *qualquer pessoa*. Então, continuei abrindo caminho pelo corredor, chacoalhando no trem em movimento, até que um dos agentes me perguntou:

— Ei, aonde você vai?

— Novo discurso para Pavão — respondi, movendo rapidamente a prancheta e revirando os olhos.

— Aaaah — disse um dos caras, com uma expressão simpática. — Cabine 14 — informou, apontando para o vagão seguinte. — Divirta-se — zombou, e percebi que o disfarce de Macey ainda se mantinha firme e forte.

Avancei sem dificuldades pelo corredor cheio, sem saber o que encontraria. Mas logo soube que tinha cometido o maior erro da minha vida. Atrás de mim, ouvi uma voz muito clara cruzando a multidão e dizendo:

— Pavão está em movimento.

Eu estava longe da escola. E disfarçada. E usando um vestido preto muito curto enquanto a minha tia favorita (e a única) se aproximava pelas minhas costas!

Havia uma porta à minha esquerda, com o número 14. Encostei a orelha nela, mas não ouvi nada. Tentei a maçaneta. Trancada. É claro.

— Pois não? — disse tia Abby, aproximando-se.

Eu estava desesperada. Bati à porta.

— Srta. McHenry, está aí dentro? Posso dar uma palavrinha com a senhorita? — perguntei, ainda me agarrando ao disfarce.

— Sem dúvida — continuou Abby, atrás de mim. — Um perímetro de 120 metros é mais do que amplo.

Eu estava *mesmo* desesperada. Tirei um grampo do meu cabelo. E tentei a fechadura.

Ela se abriu assim que a tia Abby conseguiu se livrar da multidão, e no instante seguinte, eu estava cercada pela escuridão.

Senti algo tentar me agarrar, mas me esquivei.

A mão de alguém agarrou o meu cabelo — ou o que achou que fosse o meu cabelo — e arrancou a peruca. A voz de Abby estava mais alta agora — em frente à porta —, e, dentro da cabine minúscula, tudo ficou quieto.

Havia um fraco brilho amarelo entrando por uma pequena fresta embaixo da porta e, à luz, vi Zach olhando da peruca para mim e de volta para a peruca.

— Você não deveria estar aqui, Garota Gallagher. — O tom dele não era alegre. Não era divertido. Ele não estava sorrindo nem flertando. Ele estava...

Furioso.

Como eu nunca o tinha visto. Furioso como eu nem sabia que ele pudesse ficar. Eu sempre soube que Zach era forte (uma garota não passa um semestre treinando com um cara em Proteção e Cumprimentos da Lei sem descobrir isso), mas, naquele momento, ele parecia feito de pedra.

A primeira coisa que senti foi surpresa. A segunda... raiva.

— Você está *me* dizendo que *eu* não deveria estar aqui? — disparei. A minha tia e metade do Serviço Secreto estavam lá fora naquele momento, mas eu, é claro, não pude me controlar.

— É perigoso — disse ele.

— Caso você ainda não tenha notado, sei cuidar de mim.

Infelizmente, o trem escolheu esse momento para dar um solavanco, e, apesar do melhor treinamento de Proteção e Cumprimento da Lei do mundo, perdi o equilíbrio, caindo direto nos braços estendidos de Zach.

Comecei a me afastar, mas ele me prendeu.

— Shhh — sussurrou, quando as vozes do lado de fora silenciaram por um instante.

E então aconteceu a coisa mais assustadora de todas: parecia que Zach queria me beijar.

Mas não beijou.

Era o mesmo garoto que havia me inclinado e me dado um beijo de cinema na frente de toda a escola no fim da semana de provas do meio do ano; ainda assim, lá estávamos, espremidos no escuro, num trem em movimento, com adrenalina e chuva à nossa volta, e ele não fez um movimento sequer.

— Belo disfarce — disse ele, sorrindo finalmente.

— O seu também — falei.

Pensei naquele momento: o que aquilo significava? Quanto tempo eu queria que durasse? E do que eu estava querendo desistir para descobrir a verdade? Então, foi por isso que acrescentei:

— Estava ainda melhor em Boston.

Há momentos na vida de uma espiã em que o tempo acelera, mas, às vezes, os segundos parecem durar uma eternidade. E esse... esse foi um dos momentos que pareciam durar anos. Naquele espaço apertado, com os braços de Zach ainda em volta de mim e vozes ecoando do lado de fora, observei a expressão dele mudar de confusa para chocada, e então para a expressão de alguém que tentava desesperadamente encontrar um plano.

— Sim, eu...

Alguém bateu à porta. Virei-me para ela com os olhos arregalados.

— Por aqui — disse ele, gesticulando para as camas dobráveis no teto que, até aquele momento, eu só tinha visto em filmes antigos.

Mais batidas.

Do lado de fora, alguém gritou:

— Quem tem a chave desta cabine?

Mas, no momento em que a porta se abriu, Zach e eu já não estávamos à vista.

(Nota pessoal: não se torne uma espiã se for, um pouquinho que seja, claustrofóbica.)

— O que está acontecendo, Zach? — perguntei, na escuridão da cama dobrável, que tínhamos fechado. Com nós dois dentro.

O braço de Zach estava em volta da minha cintura. Eu sentia a respiração quente dele contra a minha nuca.

— Macey, não quero mais discutir esse assunto. Simplesmente espere aqui.

Sem dúvida, ouvi tia Abby dizer essas palavras dentro da pequena cabine, mas realmente não me importei.

— Você estava em Boston, Zach.

— Shhh — sussurrou ele, me puxando para mais perto.

Do lado de fora do nosso minúsculo esconderijo, ouvi mais vozes na cabine 14. Eu identificaria o jeito de

Macey falar em qualquer lugar, mas a outra voz também era familiar; ainda assim eu não conseguia...

— Sabia — começou a voz mais grave — que me disseram que esse é o meu melhor terno?

Preston!

Ouvi mais conversas e música, mas tudo aquilo parecia a quilômetros de distância enquanto eu estava deitada ali, com a minha mente correndo mais depressa que o trem.

— *Por isso* você sabia do duto de ventilação — sussurrei, quando outra peça do quebra-cabeça se encaixou no lugar. — Por que você estava lá, Zach? — perguntei, cada vez mais nervosa.

— Agora, não. — A voz dele era baixa, porém firme.

— E não venha me dizer que era porque estávamos em perigo, porque naquele momento *não estávamos.*

— Você não quer tirar um cochilo?

— Aliás, já que estamos falando nisso, por que você está *aqui*?

— Eu poderia lhe fazer a mesma pergunta, Garota Gallagher; acontece que deveríamos *ficar calados* agora.

O que era uma boa ideia, porque as vozes do lado de fora haviam cessado. Macey e Preston não estavam falando mais, mas a garota (para não falar na espiã) dentro de mim de algum modo sabia que eles ainda estavam lá. Porque havia sons. Ruídos que eu reconhecia. E nos quais não estava muito a fim de pensar. Porque achava que eram ruídos de beijos.

E eu estava imprensada contra um garoto que havia me beijado!

E, naquele momento, beijos tinham que ser a última coisa na minha cabeça!

— Sobre o que você e o Sr. Solomon estavam falando? — perguntei, porque, para ser sincera, eu realmente precisava dizer alguma coisa.

Mas Zach devia ser imune aos barulhos de beijo. Ou a pensar nisso, porque disparou:

— Você ainda não entendeu, não foi? — De algum modo, ele me girou, fazendo com que nossos rostos ficassem a poucos centímetros um do outro, no escuro. — Isso é perigoso, Cammie. — Ele não me chamou de Garota Gallagher. — Isso é...

— É. Eu meio que entendi isso no dia em que acordei com uma concussão.

— Não faça pouco-caso.

— Desde quando "concussão" é sinônimo de "pouco-caso"?

— Você não deveria estar aqui — repetiu ele, lentamente, como se eu não fosse inteligente o bastante para acompanhá-lo.

— *Você está* aqui — retruquei.

— Ouça, isto não é lugar para...

— Uma garota?

O trem podia estar cheio de seguranças armados... Minha amiga e o filho do possível futuro presidente dos Estados Unidos podiam estar se pegando a poucos metros de distância... O mundo como eu o conhecia podia estar com os dias contados caso Zach e eu fôssemos pegos...

Mas eu. Não. Me importava.

— Uma estudante? — tentei de novo. — O que, Zach? Diga para mim o que você é e eu não sou.

E então os meus olhos devem ter se adaptado à escuridão, porque, eu juro, pude vê-lo — de verdade —, enquanto o garoto mais arrogante que eu já tinha conhecido olhava para mim e sussurrava:

— Sou alguém que não tem nada a perder.

Então, todo o resto desapareceu: os barulhos do lado de fora, os sacolejos do vagão, a pressão e o cansaço. Não sei o que teria acontecido em seguida. Talvez eu tivesse chorado. Talvez eu tivesse desistido. Ou quem sabe teria exigido mais respostas às perguntas que nem ousava fazer.

Mas nunca saberemos.

Porque, no momento em que Zach tocou o meu rosto, o mundo pareceu desaparecer sob nós. A gravidade entrou em ação. Num momento eu estava deitada nos braços de um dos jovens espiões mais complexos (e bonitos) do mundo, e, no seguinte, eu estava aterrissando, como uma tonelada de tijolos, no chão frio e duro de um trem em movimento, enquanto uma das minhas melhores amigas olhava para mim. E para o garoto em cima de mim.

— Bem, *isso* não estava na minha programação — disse ela.

Pelo menos Preston tinha ido embora — pelo menos foi o que eu pensei. Não tinha certeza absoluta, porque demorei um pouco a me orientar.

— Srta. McHenry! — gritou uma voz masculina do outro lado da porta. — Serviço Secreto. Está tudo bem?

Levantei os olhos para Macey. Zach estava estendido em cima de mim, com uma das pernas dobradas por cima da mochila de Macey. Uma bandeja tinha caído conosco, e agora havia comida espalhada por todo o chão da cabine.

Macey olhou para nós, com uma expressão muito incomum, como se, com uma única palavra, ela pudesse fazer derrubar aquela porta — ou todo o nosso mundo. Ela sorriu, aproveitando o momento, antes de dizer lentamente:

— Está tudo bem. Só acabei de derrubar uma bandeja.

— Quer que um encarregado...

— Não! — rebateu Macey. — Quero ficar sozinha. Ou será que é muito difícil entender isso?

Ouvi passos se afastando.

Macey se deixou cair no banco à nossa frente, enquanto Zach e eu tentávamos nos levantar.

— Oi, Zach — disse ela, balançando a perna direita, que estava cruzada sobre a esquerda.

— Oi, Macey — respondeu ele, como se aquilo acontecesse todos os dias, ele cair do teto direto no chão da cabine privada de uma das garotas mais protegidas do país. — Desculpe por ter entrado — disse, com um olhar de quem se acha esperto demais. — Mas Cammie tinha que ficar a sós comigo. Você sabe como ela fica...

Dei um tapa no braço dele.

Zach se encolheu.

— Sabe, qualquer dia desses você vai me machucar, e vai se sentir realmente mal por causa disso.

— É — respondi. — Bem, talvez se você fosse honesto comigo pelo menos uma...

— Hum... — abreviou Macey, interrompendo-me e se reclinando para trás, como se estivesse gostando do espetáculo. — Vocês sabem que Abby vai voltar em aproximadamente dois minutos, então talvez os pombinhos queiram acabar com isso depressa.

Eu realmente esperava que o garoto à minha frente se horrorizasse ao ouvir a palavra "pombinhos", mas não foi o que aconteceu. Em vez disso, ele pegou a bolsa que vinha carregando e se virou para Macey:

— Obrigado.

Ele apoiou o joelho no banco e inclinou o corpo para a janela, olhando para a escuridão ao acrescentar:

— Esta é a minha estação mesmo.

Bem, até onde eu sabia, o trem não estava parando. Nem sequer diminuindo a velocidade.

— Ei, McHenry, você se importa? — perguntou, recuando e apontando para a porta.

Macey a abriu e checou o corredor.

— Oh, senhor — chamou a sentinela a postos do lado de fora. — Posso ver a sua arma?

Quando o homem virou as costas para nós, Zach disparou pelo corredor, para dentro da porta no final do vagão. Comecei a segui-lo, mas, de repente, ele parou e se virou para mim.

— Ei, Garota Gallagher — disse, me olhando mais profundamente do que nunca —, prometa uma coisa para mim.

Agora o trem estava mais rápido. A noite passava correndo pela janela. E Zach inclinou-se para mais perto.

— Tenha — ele levantou a mão e tocou o lugar do meu ferimento, como se ele ainda fosse recente e estivesse inchado — cuidado.

Então Zach caminhou para o final do carro e abriu a porta. Por um instante, o barulho foi ensurdecedor. Estávamos passando por um grande barranco, não havia nada dos dois lados do trem, e Zach abriu bem os braços. Por um segundo fugaz, ele se virou para trás e olhou para mim.

E então pulou para a noite.

— É... — A voz atrás de mim era forte e calma. Virei-me e dei de cara com Macey, com uma expressão de profundo pesar, e com tia Abby, com uma expressão muito impressionada. Ela olhava para mim e para o paraquedas cada vez menor, que era Zach. — Acho que esse é o homem da sua vida.

Capítulo Vinte

Quando uma agente é pega no meio de uma missão, muitas coisas devem ser ditas. E feitas. Por exemplo, é bom que você tenha uma ou duas cartas na manga para que possa distrair o captor de suas verdadeiras intenções. Além disso, dar orientações erradas sempre é útil, assim você pode jogar a culpa em outra pessoa. Ou pode tentar fugir.

Mas estávamos num trem em movimento.

E eu não tinha um paraquedas.

E tia Abby estava me olhando fixamente.

Esperei que ela sorrisse, como tinha feito ao me tirar de debaixo da cama dela, mas ela me encarava com um olhar que era um misto equilibrado de raiva e medo, enquanto Macey e eu corríamos de volta para dentro da cabine 14.

— Sentem-se — ordenou minha tia, e Macey e eu nos sentamos no beliche inferior, enquanto Abby andava de um lado para o outro. — Você sabe o que fez? — Não era uma pergunta de verdade. — Sabe o que poderia ter acontecido esta noite?

A voz dela tremeu. Por um instante, tive medo de que o Serviço Secreto entrasse pela porta outra vez, mas o trem fazia muito barulho, chovia forte, e nós continuávamos nos movendo noite adentro, em alta velocidade. Olhei para aquele espaço pequeno. Era inútil. Eu, Cammie, o Camaleão, não tinha onde me esconder.

— Você tem ideia do quão perigoso isto é? Se o Serviço Secreto tivesse pego você... Se alguém da imprensa tivesse um vislumbre do que você é capaz de fazer... Se há duas meninas na escola, aliás, no mundo, que deveriam saber que é melhor evitar riscos como estes, elas são vocês!

— Achei que regras fossem feitas para ser quebradas — disse eu, confusa a princípio, mas ficando cada vez mais furiosa. — Achei que nessa coisa de ser espiã as regras fossem opcionais. — Joguei suas próprias palavras contra ela.

— Ser espiã significa que você nunca pode se dar ao luxo de ser descuidada! — O trem sacolejou e a noite ficou ainda mais escura quando minha tia se inclinou para mim e disse: — Acredite em mim, Cameron. Esta é uma lição que você não vai querer aprender da maneira mais difícil.

Talvez fosse o barulho da chuva, ou a expressão nos olhos dela, mas eu não podia parar de pensar no modo como ela havia mudado no escritório de minha mãe, transformada da Abby que eu conhecia numa mulher que eu nunca tinha visto. E num piscar de olhos, percebi que a mulher sorridente, rindo e dançando, que tinha entrado na minha vida depois de quatro anos e meio, era apenas outro disfarce — uma Garota Gallagher fingindo ser algo que não é.

— Onde você esteve, tia Abby? — perguntei. — Papai morreu e você não esteve com a gente — falei, me lembrando de um momento da minha vida que eu faria tudo para esquecer.

Ouvi minha voz falhar e senti meus olhos embaçando. Disse a mim mesma que era o constante sacolejar do trem que fazia com que eu me sentisse instável, mas soube que era mentira quando gritei:

— Ele morreu e você nem ao menos foi ao enterro! Você não ligou, não foi nos visitar. Papai morreu e desde então *você* tem sido um fantasma.

Abby virou as costas para mim. Ela começou a se dirigir para a porta, mas aquelas palavras estiveram vivas dentro de mim durante anos, as dúvidas e perguntas acumuladas, e eu não poderia parar mesmo que tentasse.

— Nós estávamos precisando de você! — Pensei na minha mãe, que ainda chorava quando acreditava que ninguém estava vendo, e, antes que eu percebesse, eu também estava chorando. — Por que não esteve lá quando precisamos de você?

— Você ainda não aprendeu, Cam? — A voz de Abby era mais suave agora, como se estivesse sendo arrastada de volta para um sonho. — Há coisas que você não quer saber.

Pude sentir o trem, ou talvez fosse apenas o mundo, diminuindo a velocidade quando ela caminhou para a porta e disse:

— Fique longe daquele garoto, Cammie. — Desta vez não era uma ordem; era um apelo.

— Zach? — perguntou Macey, como se houvesse alguma chance de se tratar de outra pessoa. — Ele é do Instituto Blackthorne. Nós o conhecemos.

Então Abby olhou para mim. Pela primeira vez, ela parecia querer sorrir, mas não havia alegria nenhuma na expressão dela quando perguntou:

— Conhecem mesmo?

Eu adoro a Academia Gallagher à noite. Há beleza na escuridão — o único momento em que o lado externo realmente reflete o que está acontecendo lá dentro. Nada é verdadeiramente preto ou branco. O mundo todo é feito de tons de cinza.

E, naquela noite, não foi diferente.

— O que foi *aquilo*? — perguntou Liz.

Bex andava de um lado para o outro, mas eu estava de pé em frente à janela em forma de diamante na nossa suíte, olhando para o campus escuro, deixando que a história que eu havia acabado de contar me invadisse.

— Espere, você está dizendo que Zach pulou de um trem em movimento? — perguntou Bex, sem nem tentar esconder a inveja em sua voz.

Olhei para Macey, que deu de ombros.

— Ainda não posso acreditar que você saiu da mansão assim — disse ela, olhando para o meu vestido curto e os meus saltos altos.

Tentei sorrir.

— A princípio também havia uma peruca.

Esperei que ela risse. Quis que ela revirasse os olhos ou dissesse algo sobre o mundo dos cabelos sintéticos e as pessoas sem senso de moda que realmente usavam aquele tipo de coisa. Queria que fosse divertido. Mas não era.

— Então Abby estava mesmo — começou Liz, baixando a voz em seguida — *furiosa*?

Concordei. A palavra não fazia justiça à situação, mas, naquele momento, era a única em que eu podia pensar.

— Você não vai ter problemas, Cam — argumentou Bex. — Abby é tranquila.

Mas ela não tinha visto a mudança em minha tia no trem. Ela não tinha ouvido o tremor na voz dela, nem visto a expressão em seus olhos quando ela seguia pelo Hall de História até o escritório da minha mãe, fechando a porta ao entrar, e deixando Macey e eu irmos para o quarto sozinhas.

— O que foi? — perguntou Bex, provando que talvez me conheça melhor do que eu mesma.

— Ele... — Lutei contra o que eu queria dizer, as coisas em que eu queria acreditar. — Ele não me beijou.

Sim, eu tinha acabado de ser severamente repreendida por uma agente do Serviço Secreto dos Estados Unidos. E, sim, eu tinha sido pega fugindo da escola e quebrando cerca de uma dúzia de regras. E, sim, meu cotovelo estava totalmente inchado por causa da minha queda com Zach para o chão da cabine de Macey.

Ainda assim, aquilo era o que mais me preocupava.

— Ele não deu em cima de mim — falei, por fim. — Não me provocou... Quero dizer, quando eu descobri que o tinha visto em Boston...

— Espere — disse Bex, aproximando-se, ignorando completamente a enorme pilha de besteiras para beliscar que ela e Liz tinham contrabandeado para dentro da escola ao voltar. Havia algo de novo nos olhos dela quando perguntou: — Zach estava em Boston?

— O tempo todo eu ficava *achando* que o tinha visto lá — falei, desta vez mais calma. — Mas achei que eu estivesse... sabe...

Bex e Liz se entreolharam como se realmente não soubessem.

— Ela achou que só o estava vendo porque *queria* vê-lo — explicou Macey.

— Aaah — fizeram Bex e Liz, juntas.

— Isso é um subproduto de um beijo cinematográfico — continuou Macey, como se fosse um médico identificando um efeito colateral comum.

— Então não pensei em nada como isso — falei. — Mas hoje eu o vi de novo. Ele estava com o mesmo disfarce, e eu soube que tinha sido ele em Boston.

Baixei os olhos para a pilha de papéis de bala e para os pacotes de biscoitos comidos pela metade e pensei em como, um ano antes, havíamos nos reunidos naquele mesmo quarto para analisar o lixo de Josh, mas ainda havia muitas coisas sobre garotos e seus segredinhos sujos que tínhamos que aprender.

— Então ele seguiu você antes? — perguntou Liz. — E daí? Ele provavelmente só está fazendo a mesma coisa que *nós* estamos fazendo: indo atrás de Macey.

Então ela parou. E entendeu.

— Em Boston, não havia motivos para segui-la — falei, só porque precisava pronunciar as palavras em voz alta.

Voltei a olhar para o pátio, que parecia mais escuro do que o normal. E mais frio. De algum modo, o outono havia chegado enquanto eu não estava olhando. Tremi um pouco, ainda gelada por causa da chuva.

— Talvez ele soubesse o que aconteceria — disse Macey.

— Ou talvez ele fosse uma das pessoas envolvidas — disse Bex, o velho ceticismo voltando à voz dela.

— Ou... — Os olhos de Liz eram os únicos a brilhar quando ela sugeriu: — Talvez ele quisesse ficar perto da Cammie!

Macey deu de ombros, como se quisesse dizer que a nossa pequena amiga loura tinha um argumento válido.

Em todo o caso, isso não mudava o fato de que um espião muito fofo e misterioso estava a fim de nos salvar, de nos sequestrar, ou de sair comigo.

E eu não sabia com qual dessas opções estávamos mais preparadas para lidar.

Não sei as garotas normais, mas, para espiãs, existem poucas coisas tão assustadoras quanto uma porta fechada, um quarto trancado e uma conversa sussurrada que você não consegue ouvir. Bem, o próximo dia da minha vida foi cheio dessas três coisas.

O Hall de História permaneceu escuro. As portas do escritório da minha mãe ficaram fechadas (e, infelizmente, tinham isolamento acústico). Pensei na passagem secreta que levava à parte de trás da sala, mas afastei a ideia da minha cabeça. Eu não sabia o que tia Abby tinha contado a ela. Não sabia em que tipo de problema estava metida.

Todas as garotas à minha volta estavam preocupadas com provas e projetos. As pessoas abriam cartas que chegavam de suas casas e continuavam discutindo se o novo rosto do Sr. Smith o deixava tão bonito quanto o Sr. Solomon. Mas eu não podia deixar de pensar em como o mundo é apenas uma rede de segredos. Ficava imaginando se havia alguma maneira de me libertar.

No domingo à noite, caminhei para a sala da minha mãe, pensando em Abby e em Zach, na Filadélfia e em

Boston — em todas as questões que ninguém respondia. Mas, quando cheguei ao Hall de História, eu me peguei olhando para a espada de Gilly.

— Alguém sabe... — sussurrei.

Quando bati à porta da sala da minha mãe, soube que aquele não seria um jantar de domingo como outro qualquer...

Porque Macey já estava lá.

Olhei da minha mãe para a minha amiga, e, por fim, para a minha tia. Eu esperava gritos. Mas a minha mãe apenas sussurrou:

— Cammie...

Aquilo foi pior. Muito pior. A porta se fechou atrás de mim e vi o Sr. Solomon de pé ali. Eu já não sabia mais o que esperar.

— Mãe, eu...

— Me contaram que, na noite passada, Liz e Bex estavam fora testando o protótipo de um equipamento do Dr. Fibs durante sua pequena... *missão*? — perguntou minha mãe.

Os olhos dela pareciam estar me alertando, não interrogando.

— Sim — respondi depressa.

Por um instante, achei que aquilo seria tudo, mas é claro que o sermão não tinha acabado.

— Cameron, acreditei que você confiaria em mim quando falei que a segurança de Macey não era mais um problema seu.

— Sim, mamãe.

— Confiei que você saberia que o protocolo de segurança não é algo em se deva interferir por capricho.

— Sim, mamãe.

— Confiei em você, Cammie.... — A voz dela estava mais suave, e essa era a pior parte. — Recebi uma ligação da mãe de Bex na noite passada — prosseguiu ela, e fui envolvida pela fúria de duas mães espiãs desprezadas. — Os Baxter gostariam que você passasse as férias de inverno em Londres...

— Jura? — perguntei, surpresa.

— E, se eu ouvir... — disse ela, mais alto que eu. — Se eu vir... Se eu até mesmo *suspeitar* de que você voltou a sair deste *campus* sem permissão, então você não vai. Fui clara?

— Sim — respondi, sentindo o peso da situação cair sobre mim.

— As últimas pesquisas revelaram que a corrida à Casa Branca está muito apertada — disse minha mãe. Muito calma. Muito tranquila. — Então, é compreensível que os pais de Macey a queiram com eles pelo máximo de tempo...

— Não! — gritei.

— Possível — concluiu ela, como se eu não tivesse dito uma palavra sequer.

Olhei para Macey. Ela havia passado o dia todo quieta, mas ali, na sala da minha mãe, o silêncio dela parecia infinitamente mais alto.

— E é claro que — disse minha mãe lentamente — não permitiremos uma coisa dessas.

Eu já estava abrindo a boca para protestar quando a ouvi e parei.

— Você quer dizer... — começou Macey, ao meu lado. — Quer dizer que não vou ter que... ir?

— Não — respondeu o Sr. Solomon. — Para ser sincero, Srta. McHenry, os riscos são grandes demais. Queremos que fique em casa, onde é o seu lugar.

Eu morava com Macey havia um bom tempo, mas uma das coisas que as espiãs logo aprendem é que nunca se sabe tudo, e eu jamais tinha visto Macey como naquele momento. Pensei na garota que tinha saltado da limusine e no que ela havia se tornado antes dessa loucura de eleição transformá-la de novo no que era antes. Era como se a palavra "casa" fosse um código — um sinal —, e que, por si só, dissesse a ela que estava segura e que poderia baixar a guarda.

— Quero dizer, se estiver tudo bem por você? — comentou minha mãe, e Macey balançou a cabeça.

O Sr. Solomon saiu da frente da porta, e, como boas agentes (para não mencionar adolescentes em apuros), aproveitamos a deixa para escapulir.

— Ah, Cammie — chamou minha mãe, e eu parei enquanto Macey seguia em frente. O Sr. Solomon e tia Abby seguiram a minha amiga porta afora e fecharam a porta ao sair. — Não se preocupe com Macey, Cam. — Mas essa não era uma frase para me tranquilizar. Era uma ordem. — O Serviço Secreto é muito bom no que faz. Apesar de todas as nossas diferenças, minha irmã é uma excelente profissional. Não quero que você se preocupe com Macey.

— Está bem.

— Estou falando sério.

— Eu também — respondi.

E, naquele momento, eu estava mesmo.

— Eu sabia que você estava na cabine. — A voz de Macey cortou o Hall de História.

Lá embaixo, no Salão Nobre, garotas jantavam, pessoas fofocavam, mas Macey estava sentada no topo da escadaria, olhando para o hall, como se não tivesse forças para se levantar.

— Não ouvi você nem nada — prosseguiu ela, enquanto eu me aproximava. — Era só uma... sensação. — Então ela olhou para mim. — Você entende?

— Sim — respondi, e entendia mesmo.

— A cama mais alta estava baixa demais, a revista no banco havia mudado de posição, e eu simplesmente... soube.

Então ela olhou para mim.

— Sou boa nisso, não sou?

— Sim. É, sim.

— Quando a sua mãe me chamou, pensei... pensei que ela fosse me expulsar. — Macey se encolheu um pouco. — Em geral, é nesse momento que eu sou expulsa.

Eu já tinha visto Macey sem maquiagem e usando seu jeans de gorda. Tinha ouvido o que ela diz enquanto dorme e visto o modo como os lábios dela se movem quando ela está lendo e as palavras simplesmente não entram na cabeça. Conheço Macey McHenry, mas naquela noite, sentada na escadaria, percebi que nunca saberia como é *ser* ela.

Os McHenry têm cinco casas, mas aquele era o lar de Macey. Ela é a filha mais famosa dos Estados Unidos, mas Liz, Bex e eu é que somos a família dela.

— Ninguém vai expulsar você, Macey. — Tentei rir. — Você sabe demais. A esta altura, teríamos que matá-la.

Levou 47 segundos, mas, por fim, Macey sorriu. E depois riu.

— E Preston? — perguntei, porque, para ser sincera, eu estava prestes a explodir.

E... ok... eu tinha levado quase 24 horas para tocar no assunto, mas eu tinha outras coisas na cabeça. Como a minha sanidade, o meu futuro, e se o súbito desinteresse de Zach em me beijar tinha ou não a ver com o fato de que meu cabelo tende a ficar volumoso quando chove. Mas isso não me impediu de me inclinar para Macey e sussurrar:

— Eu ouvi ou não vocês se beijando?

— Posso contratar alguém para matar você e fazer parecer um acidente.

Agarrei o corrimão e me impulsionei alguns degraus à frente.

— Ele não é tão ruim...

— É sério. Não haveria nem um inquérito. — Macey desceu um degrau e acrescentou: — Além disso, será que preciso dizer que os namorados secretos são os melhores?

Apesar de tudo, eu sorri.

— Ponto para você.

Capítulo Vinte e Um

Ainda me lembro do dia — do momento — em que encontrei a minha primeira passagem secreta. Eu estava na escola havia três dias. A minha mãe tinha acabado de aceitar o emprego. O meu pai tinha acabado de morrer. Eu tinha chegado à escola sobre a qual ouvira falar a vida inteira (ou melhor, a parte da minha vida depois que descobri que papai e mamãe tinham motivos *secretos* para terem faltado à minha formatura no jardim de infância).

Eu estava vagando pelos corredores, pensando naquela construção, que era maior, mais antiga e mais bonita do que qualquer coisa que eu já tinha visto. Eu me perguntava quanto tempo levaria para entender que minha mãe nunca mais iria embora e que meu pai jamais voltaria.

Eu me perguntava se realmente pertencia à Academia Gallagher e se eu realmente era digna de carregar o nome das famílias Morgan *e* Cameron.

Então parei no corredor ao lado da biblioteca.

Havia uma janela aberta. A escola ainda tinha o cheiro de um imóvel que tinha passado muito tempo desocupado, e eu vi a brisa soprar pela janela, empurrando um pouco de poeira pelo chão de pedra e fazendo-a entrar por entre as fendas como se fosse água num rio. Mas num ponto, em vez de continuar correndo, a poeira sumiu de vista, como se houvesse uma cachoeira no cimento que mal podia ser vista a olho nu, desaparecendo sob uma parede de pedra.

Passei cinco minutos tateando, até que a parede se abriu, e descobri a minha primeira forma de desaparecer em plena vista.

Havia três dias que eu tinha descoberto; três dias que eu estava naquele lugar que amava. Três dias...

E já estava procurando uma saída.

E isso foi antes de me proibirem de sair.

PRÓS E CONTRAS DE ESTAR PRESA DENTRO DO *CAMPUS* MAIS INCRÍVEL DO MUNDO:

PRÓ: É muito mais fácil proteger a sua amiga das pessoas que querem sequestrá-la se ela passa a maior parte do tempo no quarto.

CONTRA: Quando o Sr. Mosckowitz pede que você o ajude com sua inscrição para o seminário de Excelência em Criptografia Europeia, em plena sexta-feira à noite, você não pode dizer: "Sinto muito, mas não vou estar por aqui".

PRÓ: Ficar longe de túneis antigos e secretos significa que você não terá tantas manchas questionáveis na sua blusa branca.

CONTRA: Quando a sua colega de quarto testa (numa minivan Dodge) uma descoberta importante no campo de tecnologia de combustíveis limpos, você não pode dirigir nem um pouquinho.

PRÓ: Não é preciso se preocupar em esbarrar com o garoto que pode ou não estar seguindo você.

CONTRA: Não se esbarra com o garoto que pode ou não estar protegendo você. (Mesmo que você não precise realmente de proteção, sem dúvida o que vale é a intenção.)

PRÓ: Você tem muito tempo para pensar.

CONTRA: Você nem sempre gosta das coisas em que está pensando.

Zach não tinha tentado me beijar.

É claro que *existem* muitos mistérios no mundo, e tenho certeza de que a CIA classificaria essa informação como de baixa prioridade (eu sei... perguntei à Liz). Talvez fosse a maneira como as paredes pareciam próximas e o espaço parecia pequeno, mas, por alguma razão, aquela ideia continuava me incomodando, dia após dia.

Não me leve a mal; não é que eu me ache totalmente beijável (porque, acredite, eu *não acho*), mas todas as manhãs eu passava pelo local onde ele havia me inclinado nos braços, na frente de toda a escola. Todas as noites, no Salão Nobre, eu jantava exatamente no mesmo lugar em que nós havíamos dançado. E todo dia, a cada passo, novas perguntas enchiam a minha mente:

- Por que Zach estava em Boston (entre tantos outros lugares)?

- O que ele quis dizer quando falou que era alguém que não tinha mais nada a perder?

- Quem tinha dado início àquilo tudo? E por quê?

Durante três semanas, eu caminhei pelos corredores, pensando em pessoas que tinham me machucado e num garoto que não havia tentado me beijar: dois grandes mistérios. Mas eu só tinha esperança de resolver um deles.

— Você checou de novo? — perguntei para Liz quando saímos da aula de Cultura e Assimilação. — A professora Buckingham me disse que o MI6 registra uma dúzia de novos grupos terroristas em seu banco de dados todas as semanas.

— Eu sei — disse Liz. — Mas, Cam, não há nada lá. Rodei a imagem do anel daquela mulher pelos sistemas do MI6, do MI5, da CIA, da NSA e do FBI. Acredite, já rastreei tudo o que tem sigla, e aquela imagem não foi encontrada em lugar nenhum.

— Eu não inventei aquele símbolo! Ele tem que existir... — disparei, mas os olhares que as minhas três melhores amigas me lançaram me fizeram parar.

— Cam, querida... — disse Bex. — Tem alguma coisa... perturbando você?

— Bem, eu... — comecei, mas foi Macey quem respondeu:

— Ela ainda está aborrecida por causa do Zach.

Posso ser uma artista de rua, mas Macey McHenry sempre vai saber mais sobre garotos e tudo o que tem a ver com eles do que eu jamais poderei compreender.

— O quê? — perguntou Macey, dando de ombros, quando a encarei. — Sou intuitiva. — Ela deu um passo. — Além disso, você fala dormindo.

Ela estava certa. Zach e eu tínhamos caído juntos daquela cama dobrável, e desde então o mundo estava de cabeça para baixo.

— Garotos! — gritei, mas, para minha sorte, os corredores estavam barulhentos, e garotas corriam, de modo que a palavra se perdeu na multidão.

Será que algum dia nós os entenderíamos?

— Ele não pode ser... mau? — perguntou Liz, baixinho. — Quero dizer, no ano passado não chegamos à conclusão de que Zach *não* era mau?

Ela não estava perguntando como uma garota, mas como uma cientista que realmente não quer reavaliar seus modelos, duplicar as pesquisas e mudar qualquer coisa que achasse que já tinha provado estar acima de qualquer dúvida.

Mas ela não havia estado no trem. Não tinha visto com os próprios olhos que a tia Abby sabia alguma coisa sobre Zach. E que Zach sabia algo sobre Boston. E que alguém sabia alguma coisa sobre aquele símbolo.

Liz seguiu para os laboratórios, Macey foi para a aula de Criptografia, e Bex e eu fomos pegar o elevador para o Subsolo Dois. Não pude deixar de perguntar:

— De que adianta ter habilidades secretas de elite se as pessoas que têm as informações confidenciais são ainda mais de elite?

Bex sorriu para mim.

— Porque que graça teria se não fosse assim?

A rampa em espiral parecia mais íngreme à medida que nos levava cada vez mais para o fundo no Subsolo Dois. Quando chegamos ao limite, Bex parou e se virou para mim.

— E talvez haja algumas coisas — dizia ela devagar, e eu sabia que as palavras eram quase dolorosas — que não deveríamos saber.

— Motivação — disse o Sr. Solomon, enquanto estávamos sentadas nas cadeiras, em volta das antigas mesas da sala de aula de Operações Secretas.

Durante semanas eu ia àquela sala, analisava o nosso professor, e tentava encontrar nos olhos dele alguma pista sobre Zach, o trem e um milhão de outras perguntas que enchiam a minha cabeça.

— É por isso que as pessoas fazem o que fazem — disse ele.

A frase era tão simples e básica quanto qualquer outra lição que já tínhamos aprendido. Ainda assim, algo no tom de Joe Solomon me dizia que isso também era o mais importante.

— *O que*, senhoritas... — Ele deu um passo à frente, seus olhos percorrendo a sala mal iluminada. — ...está quase sempre relacionado a *por quê*. Existem seis razões para que alguém faça alguma coisa: Amor. Fé. Ambição. Tédio. Medo... — dizia ele, contando nos dedos. Mas se demorou no último, respirando fundo antes de dizer: — Vingança.

Pensei nas pessoas no terraço, perguntando-me qual dessas seis coisas os tinha levado até lá. E por quê.

— Temos utensílios — continuou o Sr. Solomon. — Temos unidades de comunicação, rastreadores e satélites que podem fotografar as asas de uma mosca, mas não se enganem: nós praticamos uma arte muito antiga. Seis coisas, senhoritas. E elas não mudaram em cinco mil anos.

O professor voltou para o quadro. As minhas colegas estavam sentadas, prestando atenção, mas a minha mente girava, repassando sem parar o que ele tinha acabado de dizer. Agarrei a borda da mesa. Vi a sala de aula desaparecer. O mundo entrou em foco e pronunciei as palavras que devia saber havia semanas, mas que só então percebi:

— Eles são velhos.

— Aonde você vai? — perguntou Bex.

Pela primeira vez na vida, ela mal conseguia me acompanhar quando saí do elevador e comecei a subir a escadaria.

— Nós estávamos enganadas — falei, as palavras saindo mais rápidas desta vez.

— Cam, o que...

— É claro que Liz não encontrou nada nos bancos de dados. Não adiantava voltar cinquenta anos. Nem cem. Bex, eles não são uma ameaça *nova*!

No hall abaixo de nós, garotas iam almoçar. Os corredores estavam vivos, impregnados pelo cheiro de lasanha, repletos de conversas sobre provas, mas a minha melhor amiga e eu estávamos sozinhas no Hall de História quando apontei para o tesouro mais precioso da nossa escola.

— Eles são velhos.

Capítulo Vinte e Dois

— É isso — murmurei, olhando fixamente para o livro sobre a mesa à minha frente. — Passei por essa espada um milhão de vezes. Eu devia ter me dado conta assim que voltamos. Devia ter reconhecido no terraço. Devia... Eu sou uma idiota!

— Tudo bem, Cam — tranquilizou-me Liz. — Você estava toda... *concussionada.*

— Obrigada — falei, embora aquilo não tivesse ajudado tanto quanto deveria.

Olhei para a gravura no livro antigo. Toda nova aluna da nossa escola tinha ouvido a história de Gillian Gallagher e olhado para aquela mesma imagem, mas, naquele dia, eu não prestava atenção ao presidente Lincoln ou às dúzias de homens em volta dele. Eu nem sequer olhava para a jovem com a espada que se movia pelo salão de baile com mais graça e força do que uma anágua deveria permitir.

Desta vez, eu olhava para o homem no chão, com uma pistola caindo de sua mão frouxa, a bainha de uma espada vazia ao lado. Desta vez, eu prestava atenção no símbolo que tinha visto um milhão de vezes no punho da espada, pouco visível perto da mão de Gilly.

— É isso — falei, baixinho, movendo o livro para que ficasse mais sob a luz.

Liz leu a legenda em voz alta:

— Gillian Gallagher mata Ioseph Cavan, fundador do Círculo de Cavan. Virgínia, dezembro de 1864.

— Ela o matou com a espada dele — disse Bex, espantada.

Então joguei a foto tirada pelo satélite sobre o livro aberto.

— O Círculo de Cavan tenta sequestrar Macey McHenry, Massachusetts, dias atuais.

— Então o Círculo de Cavan... — começou Liz.

— Está vivo e passa bem — concluiu Bex.

Olhei para as duas.

— E quer a nossa amiga — falei.

Eu sabia que a primeira tentativa de assassinar o presidente Lincoln tinha acontecido de verdade. Havia anos que eu passava pela espada e pensava em Gilly várias vezes por dia, mas, até aquele momento, a história dela meio que parecia uma fábula, um sonho. Então, de pé na biblioteca, com o fogo crepitando na lareira ao nosso lado, eu não podia afastar a sensação de que tínhamos acabado de ver um dragão no lago, um fantasma no laboratório. Um antigo demônio estava vivo no mundo. Eu sabia que Gilly havia vencido a batalha no salão de baile naquela noite e, quase imediatamente, havia fundado sua escola, talvez porque soubesse que a guerra estava longe do fim.

— Você não acha que eles estão atrás de Macey porque ela é... — começou Liz. — Você sabe... — Ela baixou a voz, de modo que, quando voltou a falar, não passava de um sussurro. — *Descendente de Gilly?*

Pensei no dia, mais de um ano antes, em que a minha mãe tinha compartilhado aquela informação. Então olhei para Bex; a expressão em nosso rosto dizia exatamente a mesma coisa: *Com certeza.*

Aquelas pessoas no terraço tinham motivos para odiar a escola e Gilly. Macey era a última Garota Gallagher de verdade — a melhor oportunidade que eles tinham para se vingar.

Olhei de novo para a foto do satélite, para a imagem em preto e branco, granulada, que havia estado na minha mente durante semanas, e pensei no que Bex e a tia Abby tinham dito: A mulher no terraço era boa demais para usar um anel que nos permitisse identificá-la. Mas agora eu sabia que esse era exatamente o motivo para ela tê-lo usado. Pensei na expressão de Abby enquanto eu analisava aquela imagem no quarto dela, e percebi que a minha tia sabia de tudo desde o início.

Pela primeira vez em muito tempo, um monte de coisas fez sentido.

Mas isso não significava que eu tinha que gostar.

A partir daquele momento, tudo — e estou dizendo *tudo mesmo* — sobre nossa escola pareceu diferente.

A seção de história da Academia Gallagher na biblioteca? Um monte de livros que não contavam a história toda. Aquela pintura de Gilly de pé à janela, olhando para além de nossos muros? Agora eu tinha uma ideia completamente diferente do que a fundadora da nossa escola temia ver ao longe.

No final da semana, eu não tinha ouvido uma palavra sequer que os meus professores disseram sem ficar lendo nas entrelinhas, engolindo alguma pergunta que eu sabia que eles jamais responderiam: quem exatamente era o Círculo de Cavan? O que eles queriam? Onde haviam estado durante os últimos 150 anos? E, o mais importante: enquanto Liz e Bex andassem ao meu lado na noite de sexta-feira, a caminho do jantar, o que diríamos a Macey?

"Ah, a propósito, sabe o cara que Gilly matou? Bem, acho que ele tem amigos que ainda estão muito zangados com aquilo e querem se vingar em você. Aliás, já comentamos que você é tataraneta de Gilly, e que esse foi o principal motivo para você ter sido admitida nesta escola?" Acredite ou não, esse tipo de coisa funcionar numa conversa do dia a dia é mais difícil do que você pensa.

— *Is khabar ko kisi kitab ke andar daal dein, ya aisa kuch?* — sussurrou Liz, enquanto treinávamos nosso híndi e comíamos nosso macarrão com queijo (do tipo gourmet). E, por mais que eu apreciasse as fichas de resumo de Liz, não achava que plantar as notícias no livro de Macey fosse a melhor maneira de lhe contar a verdade.

— *Usse apne pariwar ke panch jani dushmano ke naam puchain aur phir ek naam aur jord dein* — ofereceu Bex, mas balancei a cabeça, porque a opção "Ei, Macey, e olha que você achava que ninguém era capaz de odiar sua família mais que você mesma" também não parecia o jeito certo.

A verdade é que podemos saber 14 línguas diferentes, mas, quando o assunto é dar más notícias, nem mesmo uma Garota Gallagher consegue encontrar as palavras.

— Talvez... — comecei, lentamente e em português, apesar dos professores que circulavam pelo Salão Nobre para garantir que o nosso híndi tivesse o sotaque que todas nós estávamos tentando dominar. — Talvez não devêssemos...

— Contar a ela? — sugeriu Liz, lendo a minha mente.

Não gosto de guardar segredos, o que, tendo em vista a profissão que escolhi, é estranho. Mas é verdade. No entanto, eu me lembrei de como me senti na primeira vez em que entrei no elevador a caminho do Subsolo Dois: há segredos que guardamos porque é melhor assim, e outros que guardamos porque não suportamos a ideia de deixá-los escapar. Olhei para as minhas duas melhores amigas e me perguntei com que tipo estaríamos lidando agora.

— Eu iria querer saber — disse Bex simplesmente, e eu balancei a cabeça, nem um pouco surpresa, mas feliz por ouvir aquilo.

— Eu... — sussurrou Liz, e então ela se inclinou para a frente — acho... — ela parou de novo.

Então compreendi que Liz, o gênio, sabia que, quanto mais informação você tivesse, quanto mais dados recolhesse, melhores seriam as suas conclusões. Mas Liz, a *garota*, sabia que, às vezes, a ignorância é uma bênção.

— Não — disse ela por fim, balançando a cabeça. — Eu não desejaria saber. Além disso... — Ela olhou para mim, com os olhos azuis arregalados. — se fosse melhor que Macey ficasse sabendo, você não acha que a sua mãe, Abby, Solomon e todo mundo teriam... *contado para ela*?

Eu detesto quando ela tem razão. E, infelizmente, isso acontece muitas vezes.

Senti Bex e Liz me encarando e soube que eu daria o voto de desempate. Uma garota sentada à mesa do último ano tinha um exemplar de um jornal, que farfalhava quando ela virava as páginas. A manchete "Marcada para Quinta-feira, Eleição para Presidente Continua Indefinida" gritava mais alto que as vozes de cem garotas falando, enquanto Macey atravessava as portas no fundo da sala com o restante da turma do nono ano que tinha ficado até mais tarde na aula de Proteção e Cumprimento da Lei. Ela estava sorrindo; gargalhando. A garota do lago parecia muito longe, mas eu sabia que ela ainda estava em algum lugar dentro de Macey, e realmente não queria voltar a vê-la.

— E aí? — disse Macey, sentando-se ao meu lado.

Eu não tinha ideia do que dizer, nem de como.

Por sorte, foi Joe Solomon quem respondeu:

— Teste surpresa.

— Sei que algumas de vocês não estudam Operações Secretas — disse o Sr. Solomon, olhando para toda a turma do penúltimo ano —, mas há alguns aspectos desta vida, deste mundo, dos quais nunca poderão escapar. Nunca. O fato de que quase tudo o que dizem e quase tudo o que amam será uma mentira para o resto da vida de vocês é um deles. Então, se não se importarem com um trabalhinho extra... — disse ele, olhando para Liz, o que meio que era como perguntar para *mim* se eu me importaria com sobremesa extra. — Roupas civis. No hall. Vinte minutos.

Dez minutos depois, eu estava descendo a Grande Escadaria, meio passo atrás de Bex e Liz. A adrenalina liberada por ir a outro lugar, fazer outra coisa, ser outra pessoa, mesmo que só por um tempo, começava a correr pelo meu corpo de novo. Macey estava ao meu lado. Eu não fazia ideia de aonde iríamos, mas, para ser sincera, não me importava.

Abby estava parada à porta, dando um sorriso malicioso e familiar para todo mundo que passava. Mas, quando Macey e eu atravessamos a porta, não recebemos um sorriso da minha tia.

Um braço. Foi o que senti primeiro. Um braço bloqueando a passagem, estendendo-se para o ombro de Macey.

— Lamento — disse tia Abby —, mas não é um lugar seguro.

Olhei para Macey e encolhi os ombros, tentando ser simpática, e tentei seguir em frente. Mas Abby não arredou pé.

— Ah... — começou ela, olhando para mim. — Acho que você e a sua mãe têm um... acordo.

Eu podia ouvir os passos se afastando na escuridão do lado de fora. Sentia a oportunidade escapando.

— Mas... — Eu não sabia se estava implorando para a minha tia, para a minha professora, ou para a agente do Serviço Secreto que era a sombra de Macey, mas sabia que, naquela situação, tinha que implorar a *alguém*. — Mas isto é uma tarefa!

Abby limitou-se a balançar a cabeça.

— Lamento, garotas. Sem dúvida — disse ela, olhando para Macey —, eu levaria um tiro por vocês, mas isso não significa que provocaria a fúria de Rachel.

Do lado de fora, Bex e Liz pararam de repente e se viraram para nós. Os olhos de Bex perguntavam por que estávamos demorando tanto. Então a tia Abby se virou e saiu para a escuridão, sem olhar para trás.

— Ei — falei, correndo para alcançar Macey —, você está bem?

Ela sorriu.

— Estou ótima.

Mas ela não parecia ótima. Nem um pouco.

— É comigo que você está falando. Eu não sou uma leitora, lembra?

— Eu... — Desta vez ela realmente parecia estar pensando na resposta, e eu soube que havia uma chance de eu obter a verdade em vez de uma resposta política. — Estou furiosa — disse ela, por fim, as palavras ecoando no corredor longo e vazio.

— Ok.

— E estou cheia disto. — Ela estendeu o braço esquerdo, engessado. — Deste *lembrete* idiota, sujo e que me dá coceira. Mas parece que consegui dez pontos nas pesquisas com isso.

— Ok.

— E estou cansada... — A voz dela estava mais suave agora; a explosão já havia quase acabado quando ela sentou na escada. — Estou tão cansada de ser Macey McHenry...

Sentei-me ao lado dela.

— Poderia ser pior — tentei, esperando que o meu sorriso não parecesse tão falso quanto eu sentia que era. — Você poderia ser canhota — disse eu, apontando para o braço engessado.

Macey riu.

— Eu poderia estar presa num ônibus de campanha... com a minha mãe.

— Você poderia *ser* a sua mãe.

— Eu poderia ser Preston — disse ela, com uma risada.

Pensei naquilo por um segundo. Se Macey estava enlouquecendo, morando no lugar mais seguro do país, com a tia Abby cuidando da segurança dela, então, o filho do candidato à Presidência devia estar perdendo a cabeça.

— Quero tanto que isso tudo termine... — disse ela, admitindo seu segredo mais profundo. — Estou louca para que a quinta-feira chegue.

Esse era o momento pelo qual estivemos esperando: a abertura de que eu precisava para contar a ela a verdade sobre o que estava acontecendo e dizer que talvez não fosse acabar tão depressa — que ela não deixaria de ser descendente de Gilly na quarta-feira.

— O que foi? — perguntou Macey, interpretando a minha expressão.

Eu tinha ido àquele corredor para contar a verdade a ela, para alertá-la, mas Macey ainda tinha esperança de que quinta-feira marcasse o fim daquilo, e eu não queria tirar isso dela tão cedo.

Então eu me levantei, pensei e agi.

— O que você quer fazer, Macey?

— Eu... não quero ser observada o tempo todo. Não quero que todas as pessoas da cidade olhem para mim. Não quero que os meus pais olhem para mim. Eu simplesmente não quero... — Ela se virou e me encarou. — ...ser olhada.

Quando você tem a aparência de Macey McHenry, a vontade de desaparecer pode parecer loucura. Mas não se você é uma adolescente. Não se você apareceu na capa de todas as revistas do país nos últimos seis meses. E não se você é um camaleão.

Talvez eu fosse a única pessoa no mundo que poderia entendê-la, e talvez por isso ela tenha me contado. E talvez por isso eu disse:

— Vem comigo.

Capítulo Vinte e Três

Eu sabia que aquilo era contra as regras? Sim.

Eu achava que era imprudente? Sem dúvida.

Eu achava que valia a pena? Sinceramente? Sim, achava.

Às vezes me pergunto o que faz de mim um camaleão — por que gosto de me esconder e me misturar, por que prefiro passar despercebida a ser notada. Mas, enquanto Macey e eu descíamos o corredor do porão, eu soube que ser invisível tinha lá sua graça.

Afinal, levou 90 minutos, mas Macey foi subproduzida (não super) com sucesso, e agora estávamos prontas para o mundo lá fora. Olhei para a garota ao meu lado. Seu olhos azuis, que eram a sua marca, estavam escondidos atrás de lentes castanhas e óculos grossos. Acrescentamos algumas sardas no nariz pálido. O cabelo preto brilhante estava enfiado sob uma peruca vermelha cacheada, e eu sabia que isso era tudo de que qualquer pessoa que a olhasse se lembraria: longos cabelos vermelhos e óculos.

Estendi a mão para a velha tapeçaria da família Gallagher pendurada na parede de pedra, então olhei para a garota que eu mal reconhecia e perguntei:

— Tem certeza?

Ela estendeu a mão para o símbolo da família Gallagher incrustado na pedra e girou a pequena espada, acionando a abertura de uma das minhas passagens secretas favoritas.

— Pode apostar — respondeu.

Roseville sempre me impressiona como o tipo de lugar onde nada muda de verdade, mas, naquela noite, luzes brilhavam a distância, e um brilho iridescente crescia no horizonte à medida que Macey e eu caminhávamos para a cidade. Também havia um som que aumentava e diminuía, um ruído baixo, como o de um rio. À nossa volta, as pessoas saíam de restaurantes às pressas, cruzando a praça carregando cobertores nos braços e correndo na direção da luz.

— O que você quer fazer? — perguntei a Macey.

Ela estava olhando o reflexo de duas garotas na vitrine de uma loja. Para os cidadãos de Roseville, elas provavelmente pareceriam garotas comuns. As pessoas passavam por elas sem olhar duas vezes. A ruiva de óculos não era ninguém importante. Ela não era notada nem vista.

Era como eu.

E estava adorando cada segundo daquilo ao dizer:

— Vamos segui-los.

Ok, sendo uma artista de rua, aquele não era o rastro mais difícil que eu já havia encontrado. As luzes eram fortes e ficavam cada vez mais brilhantes. Diversas pessoas andavam na mesma direção, descendo as ruas laterais que saíam da praça.

Dois homens passaram discutindo.

— McHenry! — esbravejou um deles. — Ele não é melhor do que os outros.

Olhei para Macey, esperando ver algum tipo de reação nos olhos dela, mas sua expressão era tão indiferente quanto se esperaria de uma garota de 16 anos.

— Não me interessa que ele tenha vínculos com Roseville — protestou o homem.

— Você está se referindo à escola da filha dele? — perguntou o outro.

Então Macey fez algo de que nunca vou me esquecer. Ela esbarrou no homem, fazendo contato físico de verdade, e o olhou nos olhos. Prendi a respiração por um segundo, enquanto Macey o encarava com suas lentes de contato coloridas e dizia:

— Desculpe.

— Eu é que peço desculpas, senhorita — disse o homem, e então se virou para o amigo e os dois continuaram caminhando na direção das luzes.

Eu sabia que estávamos quebrando uma promessa feita à minha mãe e correndo um grande risco. Mas, naquele momento, o olhar de Macey fez parecer que estava tudo bem.

Então dobramos numa esquina e vi as fileiras de globos brilhantes, a bandeira dos Estados Unidos tremulando, e ouvi o barulho vibrante como realmente era. Não um rio...

Futebol americano.

O estádio de Roseville ficava no outro extremo da cidade, aninhado entre as montanhas altas que se erguiam do vale apenas 50 quilômetros atrás de mim. A distância, a banda começou a tocar. O som ecoou pelas colinas. A torcida vibrou ainda mais alto enquanto andávamos em direção à cerca feita de correntes, juntando-nos ao fluxo de pessoas que atravessava os portões. Traves de aço sustentavam as arquibancadas. Partículas de poeira e pedaços de lixo caíam de vez em quando, como neve, enquanto ficávamos embaixo das arquibancadas, olhando para o campo. Havia funcionários uniformizados segurando grandes marcadores de pontuação cor de laranja. Um treinador andava de um lado para outro, gritando ordens que ninguém parecia ouvir. Líderes de torcida se moviam em perfeita sincronia, as saias pregueadas vermelhas esvoaçando enquanto elas gritavam e chutavam. E, atrás delas, havia um pequeno palco com cinco garotas usando coroas e vestidos de gala.

— Ai, meu Deus — disse Macey, apontando para a garota no centro, de vestido branco e tiara. Ela soava tão surpresa quanto eu me sentia.

— Talvez ela seja a rainha — chutei, porque, para ser sincera, estávamos num território completamente desconhecido!

Espiãs devem ficar confortáveis em qualquer tipo de situação social, mas acho que eu nunca tinha estado em nenhum lugar usando tiara enquanto os outros usavam camisa esporte. Quero dizer, eu havia assistido a futebol americano pela TV com o Vovô Morgan, mas nunca tinha visto nenhuma garota em trajes formais!

Uma faixa contornava o campo. Do outro lado ficavam as arquibancadas e o time adversário. Macey e eu começamos a caminhar naquela direção, passando pelo quiosque onde se vendiam lanches, e esbarrando em Tina Walters.

— Desculpe — disse Tina, cambaleando um pouco.

Então ela olhou para Macey e depois para mim. Abriu a boca para falar, mas, em seguida, balançou a cabeça depressa, como se estivesse afastando algum pensamento sem sentido.

— Humm... desculpe. — Agarrei o braço de Macey e saí dali.

Macey olhou para mim com os olhos arregalados enquanto movíamos a boca sem emitir som: *Teste surpresa!*

Perto dos banheiros, vimos Eva Alvarez posando como se fizesse parte do cortejo da bandeira do outro time e conversando com uma mulher de meia-idade que usava um colete do tamanho de sua cabeça com a inscrição Eu ❤ nº 32.

Ouvi a risada de Courtney Bauer vindo de debaixo das arquibancadas. Agora sei, tecnicamente falando, que uma multidão cheia de Garotas Gallagher deveria fazer com que eu me sentisse segura, mas, naquele momento, elas não eram a minha cobertura — eram agentes altamente treinadas que poderiam denunciar o nosso disfarce a qualquer momento.

Macey e eu nos mantivemos calmas e continuamos andando, absorvendo os sons e os sinais, até que de repente as coisas pareceram... diferentes. De novo. Eu sentia as Garotas Gallagher na multidão, mas também... mais alguém. O jogo devia estar bom para Roseville, porque a torcida local vibrava; mas, por alguma razão, eu me peguei pensando em outro dia, em outra multidão. Desta vez, porém, não achei que estivesse enlouquecendo quando minha mente voltou a Washington. Desta vez eu sabia o que estava procurando.

— Ele está aqui — murmurei, enquanto os meus olhos percorriam a multidão, já não vendo mais torcedores e líderes de torcida, integrantes da banda e ex-atletas.

— O quê? — perguntou Macey, por cima do barulho do público.

— Zach — sussurrei em resposta.

— *Eu não sei* por que ele não beijou você! — disse Macey, com um suspiro exasperado, como se ela não estivesse no clima para discutir aquilo de novo.

— Não — falei, balançando a cabeça. — Ele está *aqui*.

E isso atraiu a atenção da minha amiga.

— Como você sabe? — perguntou ela, se virando para a multidão. — Sexto sentido de espiã?

— Não. Sexto sentido de garota.

Macey assentiu, como se soubesse exatamente como eu me sentia. Ela procurou nas arquibancadas.

— Será que o Instituto Blackthorne também está aqui para um teste de OpSec? — sugeriu ela, mas balancei a cabeça. — Ooh! Alerta Solomon! — disse Macey, ficando ainda mais atenta.

O nosso professor estava ao lado do mastro. Olhando na nossa direção. Teria sido fácil virar as costas e tentar me esconder. Mas, para minha sorte, Macey ficou ao meu lado, em silêncio e imóvel, enquanto o olhar de Joe Solomon passou por nós.

Talvez tenha sido o instinto de treinamento que me fez congelar. Ou talvez fosse a visão do garoto sentado doze metros atrás do meu professor, no meio da multidão, olhando diretamente para mim.

Ser reconhecida durante uma missão secreta é ruim. A democracia (para não falar da vida) tal como a conhecemos pode terminar... mal. Agentes inimigos podem tentar matar você. Amigos que não têm ideia de que você está agindo como uma tradutora das Nações Unidas chamada Tiffany St. James podem denunciar o seu disfarce. Mas, até aquele momento, eu não tinha percebido quão perigoso é ser reconhecida pelo...

Seu ex-namorado.

— Aquele não é... — começou Macey, mas eu não consegui esperar que ela terminasse.

— Josh.

Minha mente acelerou, pensando em todos os motivos pelos quais eu não deveria entrar em pânico. Afinal, era um jogo em casa, e parecia que toda a cidade tinha ido assistir ao espetáculo. E não era só isso, mas, naquele momento, eu me parecia mais com Macey do que comigo, com a minha peruca de longos cabelos pretos, lentes de contato azuis e jeans que eu nunca usaria para me divertir numa sexta-feira à noite. Mas a esperança a que eu me agarrava com todas as forças enquanto estava ali, a seis metros de distância do meu ex-namorado, era simples: eu ainda era a garota que ninguém vê.

Mas sempre houve uma exceção a essa regra. E ela estava parada bem à minha frente.

— Ele... ganhou um pouco de massa? — perguntou Macey, estreitando os olhos para ver melhor através dos óculos falsos. — Ele parece... mais bonito — acrescentou, como se o aprovasse completamente.

Eu queria dizer que não. Queria fingir que não ligava. Mas, quando ele se virou e começou a se afastar de nós, fiz o que qualquer espiã (para não falar ex-namorada) faria: eu o segui.

Eu devia ter esperado Macey, mas me vi abrindo caminho por entre a banda, que estava se preparando para entrar no campo para o intervalo. Eu estava indo atrás do garoto que andava livremente em meio à multidão — sem se esconder. Sem disfarce. Fiquei maravilhada com o fato de existirem no mundo garotos que são exatamente o que parecem.

Do ponto de vista de uma artista de calçada, seguir um garoto como Josh Abrams é quase tão fácil quanto parece. Afinal, ele não é treinado, não sabia que estava sendo seguido e não se preocupava com os *Fundamentos da contravigilância básica* (meu livro favorito quando eu tinha 7 anos). Ainda assim, algo naquela missão era mais difícil do que qualquer outra coisa que eu tinha feito em muito tempo. Talvez fosse o fato de eu estar num terreno totalmente desconhecido. Talvez fosse o modo como a multidão se fechava à minha volta, tornando difícil segui-lo contra a corrente. Ou talvez fosse a visão de outro garoto que tinha aparecido do nada e agora bloqueava o meu caminho.

— O que você está fazendo aqui, Garota Gallagher? — A voz de Zach era baixa, mas forte. Ele pegou o meu braço e me tirou do caminho de um conversível que levava o calouro candidato a rei da festa de boas-vindas em volta da pista.

— Exercício de OpSec — menti. — E você?

— Achei que você não tivesse permissão para sair da escola — disse ele.

— É, porque *você* está sempre por perto ultimamente. Sério, Zach, alguma vez você fica no Instituto Blackthorne?

Mas ele não respondeu (o que Macey sempre diz que é uma reação típica tanto de garotos quanto de espiões, então eu não sabia qual dos dois ele estava sendo).

— Eu imaginei que você fosse tentar alguma coisa desse tipo. — Parecia a coisa mais sincera que ele me dizia em muito tempo. — Apenas me diga... — começou ele, e, pela primeira vez, sua raiva pareceu diminuir. — ...diga que não fez isso para ver Jimmy.

— Josh — corrigi Zach pela milionésima vez, mas ele não sorriu, e, de algum modo, percebi que a piada já tinha acabado havia muito tempo. — Não — falei, e estava sendo sincera. — Eu só... estou aqui.

Eu não estava olhando para Josh, mas, de algum modo, sabia que ele estava sentado com um grupo de amigos a três metros de distância. Zach estava bem na minha frente. Ali estava eu, presa entre dois garotos que não poderiam ser mais diferentes. Se eu fosse outra garota, com outro disfarce, não sei o que teria feito; mas, naquele momento, apenas uma coisa importava.

— Por que você estava em Boston, Zach?

O ar estava frio à nossa volta. Uma música suave começou a tocar nos alto-falantes enquanto o cortejo de boas-vindas percorria o caminho até o centro do campo. Senti mais do que uma nova estação soprando ao vento, então talvez tenha sido por isso que olhei para o garoto que eu não tinha visto de verdade em meses e perguntei:

— Zach, por que você está aqui?

Dei um passo na direção dele, esperando que ele estendesse a mão, que me provocasse, que sorrisse. E, mais do que qualquer outra coisa, eu queria que ele dissesse: *Estou aqui para ver você.*

O espaço entre nós dois diminuiu, mas, quando dei outro passo à frente, Zach recuou. Na última primavera, ele havia me provocado, deu em cima de mim — eu era a pessoa difícil de conquistar. Mas de pé sob aquelas luzes intensas, pude ver que, de algum modo, nos últimos meses, Zach e eu tínhamos trocado de lugar. E eu não gostava do jogo deste lado do campo.

— Venha — disse ele, pegando minha mão. — Vamos levar Macey para casa.

— *Nós* não vamos fazer nada.

— Ótimo — disse Zach, se afastando. — *Eu vou* falar com Solomon e pedir a opinião dele.

— Zach — cortei, pondo-me no caminho dele, mas ele desviou de mim.

— Você ao menos sabe quem está lá fora? — disparou ele, mais alto desta vez, e então chegou mais perto. — Você ao menos se importa?

— O Círculo de Cavan está atrás da minha irmandade, Zach. Não da sua. Eles estão caçando as minhas amigas. Estão jogando Garotas Gallagher por dutos de ventilação, então não venha me dar sermão sobre o que está em jogo. — Ele tomou fôlego, como se fosse falar, mas eu sabia que era melhor não deixar que ele começasse. — Se os seguidores de Ioseph Cavan querem se vingar na tataraneta de Gillian Gallagher, então terão que enfrentar todas nós, e isso não inclui você.

O locutor estava falando nos alto-falantes, dizendo algo sobre a rainha anfitriã e seu profundo amor por animais ou algo assim, mas eu só olhava para Zach, tentando afastar a sensação de que eu realmente não o tinha visto em meses. Se é que alguma vez isso havia acontecido.

— Por que eu sinto como se não pudesse mais confiar em você?

Eu queria que ele rebatesse. Que brigasse, protestasse, discutisse — que fizesse qualquer coisa em vez de olhar bem fundo nos meus olhos e responder:

— Porque a Academia Gallagher não admite garotas estúpidas.

Centenas de pessoas enchiam as arquibancadas à nossa volta. Eram professores e contadores, mães que não trabalhavam fora e homens que trabalhavam na fábrica de papel higiênico — pessoas normais fazendo o seu melhor para viver uma vida normal. Não poderiam ser mais diferentes de Macey McHenry (a espiã e a garota) nem se tentassem.

Ainda assim, ela estava bem ali ao lado deles.

Ao nosso lado.

E tinha ouvido tudo.

— A família tem ligações com Roseville. — Macey repetiu baixinho o que tinha ouvido o homem dizer na rua.

— Macey — falei, me aproximando.

— Isso significa... — começou ela, e eu sabia que havia uma dúzia de maneiras de terminar aquela frase.

Se eu tivesse acabado de descobrir que era parente de Gillian Gallagher, teria ficado em êxtase. Bex acharia que aquela era a coisa mais incrível do mundo. Liz decidiria fazer algumas experiências com DNA para determinar se a habilidade para ser espiã era genética.

Mas não importava o que *nós* teríamos feito. Só o que importava era o que Macey *fez*.

— Você sabia disso? — perguntou-me ela. Sua voz estava falhando, e os lábios tremiam. — Há quanto tempo sabe disso?

Acho que eu poderia ter mentido. Mas não menti. Talvez porque Macey morasse comigo havia mais de um ano e fosse perceber. Talvez porque ainda não tivéssemos treinado como mentir na aula de OpSec. Ou talvez eu apenas tenha achado que Macey tinha o direito de saber que, entre as milhares de Garotas Gallagher do mundo, ela era a única que carregava os genes de Gilly.

— Sim, minha mãe nos contou no último...

— Nos contou! — disparou Macey. — A escola inteira sabe?

— Não! Só Bex, Liz e eu. Minha mãe explicou tudo depois que você foi admitida. Ela...

— Então eu sou descendente de Gillian Gallagher? — A chama parecia estar se extinguindo dentro de Macey, então, quando estendi a mão para tocá-la, tive medo de que ela virasse cinzas. — Então foi *por isso* que me deixaram entrar para a escola?

— Macey, não é...

— Verdade? — disse ela, me encarando, mas, pela primeira vez na minha vida, eu não podia mentir; não podia me esconder.

Eu podia apenas observar enquanto ela se afastava sem dizer mais nenhuma palavra, por entre a multidão vestida de vermelho da Banda Orgulho de Roseville, que estava saindo do campo.

— Macey! — gritei atrás dela, mas então a mão de Zach segurou a minha.

— Cam... — começou ele.

— Agora não, Zach. — Libertei-me com um safanão. Talvez eu quisesse encontrar Macey. Ou talvez só quisesse estar em qualquer outro lugar que não ali.

Abri caminho pela multidão, pelo meio da banda, e saí num espaço aberto — vendo possíveis ameaças por todos os lados para onde olhasse.

Seis metros à minha direita e três fileiras acima, um cara de boné vermelho se levantou para torcer uma fração de segundo atrasado, como se a atenção dele estivesse em outro lugar. Na faixa entre as líderes de torcida e as arquibancadas, duas mulheres estavam juntas, analisando a multidão e calçando sapatos que nenhuma dona de casa de cidade pequena jamais usaria.

Eu queria gritar nas minhas unidades de comunicação e pedir reforços, mas estava sem elas. Não havia cobertura. E Macey já tinha desaparecido

Capítulo Vinte e Quatro

O caminho de Roseville nunca pareceu tão longo. Nas horas que se passaram, a mansão nunca havia parecido tão grande. E nunca me senti tão estúpida como enquanto ia com Bex e Liz de sala em sala, de andar em andar, procurando Macey.

Relatório de Operações Secretas
5 horas

As agentes Morgan, Baxter e Sutton conduziram uma busca detalhada pela Mansão Gallagher, seguindo o padrão de detecção do livro didático. (Elas estavam certas quanto a isso porque a agente Sutton havia levado o livro.)

— Eu sei que ela voltou — falei, provavelmente pela centésima vez. Eu tinha que continuar repetindo aquelas palavras. Não importava que Liz e Bex não precisassem mais ouvi-las. — Segui as pegadas dela até o túnel... Ela voltou por aquele caminho. Tenho certeza. Ela deixou a peruca perto da porta, com o resto do disfarce, então eu também joguei as minhas coisas ali e fui procurá-la... — Olhei para as minhas amigas, sem nem tentar esconder o meu pânico enquanto implorava pra que elas acreditassem em mim. — Eu sei que ela voltou!

Eu queria que Liz citasse as incríveis probabilidades de que Macey estivesse bem. Esperava que Bex me dissesse que tudo ficaria bem, mas ela apenas me encarou e perguntou:

— Numa escala de um a dez, quão furiosa ela estava?

Estávamos na biblioteca, mas não havia garotas entre as estantes. O relógio na minha cabeça dizia que eram quase cinco da manhã. O fogo na lareira não passava de uma pilha de brasas ardendo lentamente — a única luz no ambiente. Pensei na pergunta de Bex, aos poucos percebendo que furiosa não era bem a palavra. "Furiosa" poderia ser usada para quando Bex é desafiada para uma boa luta de boxe no celeiro de P&CL. "Furiosa" passa com uma boa noite de sono.

— Ela não estava furiosa — falei, balançando a cabeça. — Era mais como se estivesse...

— De coração partido — disse Liz, baixinho, de modo que quase não ouvi, e mesmo agora não tenho certeza de se ela saberia que pronunciou aquelas palavras.

Fazia horas que estávamos procurando Macey, mas algo no modo como Liz se sentou na escada em espiral me fez perceber que, em algum ponto do caminho, ela também havia se perdido.

— Quando Macey descobriu, ficou de coração partido — repetiu Liz, e eu soube que ela estava certa.

— Sim — confirmei, me virando para ela. — De coração partido.

— Ah, eu vou quebrar alguma coisa quando a encontrarmos... — O sotaque de Bex ia e voltava, como ondas. — Ela vai conseguir ser raptada muito depressa se continuar agindo dessa maneira estúpida. Andar por aí sozinha...

— Você não entendeu nada, não é?

Era a primeira vez que eu ouvia Liz levantar a voz, a primeira vez que a via tão mortalmente pálida. Até Bex parou e a encarou.

— Quero dizer, olhe para você... Olhem para vocês duas! Vocês não sabem como é. Vocês... *fazem parte* — Liz disse, como se Bex e eu estivéssemos no centro de um antigo segredo e não percebêssemos isso. E acho que, de certo modo, estávamos mesmo.

— Você... — Liz virou-se para Bex. — Nas férias, você viaja o mundo inteiro com os seus pais, perseguindo traficantes de armas e terroristas.

Bex começou a protestar, mas percebeu que o que Liz estava dizendo não era um insulto, e, além do mais, era a mais absoluta verdade.

— E você... — disse Liz, para mim. — Cam, a sua mãe é a diretora... a sua tia é uma lenda viva... — Por alguma razão, senti as minhas bochechas corando. — Vocês não têm a menor ideia de como é ser... normal. Então, certo dia alguém lhe diz que a escola mais rígida, mais elitista e mais incrível do mundo fica em Roseville, Virgínia — a voz de Liz tinha um tom bastante sonhador, mas, quando ela pousou os olhos em nós, as palavras pareceram de aço —, e que eles querem *você*.

Pensei no que ela tinha dito e percebi que nunca houve um momento sequer na minha vida em que tive dúvidas sobre se me tornaria uma Garota Gallagher. Para Bex, a maior barreira era geográfica.

— É... — disse Liz, analisando nossa expressão. — Eu sempre fui uma boa aluna. — Aquele devia ser o eufemismo do século, mas não ousei interromper. — As pessoas sempre *me* disseram que eu era inteligente, que *eu* era especial. Mas Macey... — A voz de Liz falhou. Os meus olhos estavam embaçados, e até Bex parecia que ia chorar. — O que as pessoas sempre disseram a *ela*?

Eu não queria pensar na resposta àquela pergunta — não naquele momento. Nem nunca. Então nós três nos sentamos cercadas por livros, segredos e pela luz do fogo que se extinguia, finalmente percebendo que éramos as únicas pessoas na vida de Macey que sabíamos que as espiãs também enganam.

— Temos que encontrá-la — disse Bex, dirigindo-se para a porta. — Agora.

Mas eu já estava à frente dela, andando depressa, controlando uma onda de exaustão e terror. O instinto me impelia enquanto eu rezava para que estivesse errada.

Ouvi minhas amigas me seguindo, seus passos ecoando no velho piso de pedra enquanto Bex dizia:

— Nós já olhamos lá embaixo.

Mas eu só corri ainda mais pelos corredores abandonados, passando pelas salas de aula vazias e janelas escuras, e, finalmente, descendo as escadas que levavam ao longo corredor do porão — ao lugar onde, de certa forma, tudo aquilo havia começado.

Não havia janelas ali. O corredor estava escuro, o piso de pedra era rudimentar, mas, ainda assim, corri para o lugar aonde minha mãe havia nos levado um ano antes, para nos contar a verdade sobre Macey.

Quando parei em frente à tapeçaria que mostrava toda a árvore genealógica da família Gallagher, tentei imaginar quantas vezes eu havia desaparecido atrás dela, mas eu sabia que o nosso passeio daquela noite seria a jornada mais importante que aquela passagem secreta já havia testemunhado.

Minha respiração estava pesada; eu quase sentia medo do que encontraria. Bex e Liz apareceram do meu lado.

— Ela está em algum lugar aqui — disse Liz. — Tem que estar. Ela...

Mas eu já não estava mais escutando quando puxei a tapeçaria para o lado e girei a minúscula espada no emblema da Academia Gallagher entalhado na parede de pedra.

— Ela deve estar na sala do nono ano — disse Liz, como alguém que tem que continuar falando para não pegar no sono. — Eles têm cadeiras muito confortáveis...

Mas eu apenas vi a parede deslizar para o lado, revelando o corredor vazio. Ouvi os ruídos do silêncio ecoando pelo túnel. Olhei para o lugar onde Macey e eu tínhamos deixado nossos disfarces mais cedo naquela noite — onde não havia mais perucas, óculos e nenhum traço das garotas que tínhamos fingido ser.

— Ela está aqui — disse Liz. — Ela não pode ter...

— Ido embora.

Capítulo Vinte e Cinco

— Diga. — A voz do Sr. Solomon era firme. Ele estava sentado na mesa de centro em frente ao sofá de couro na sala da minha mãe.

Não olhei em volta. Eu não estava ouvindo enquanto minha mãe falava num telefone e a minha tia em outro. Não olhei para Liz e Bex, sentadas no banco próximo à janela, respondendo a perguntas de Buckingham e do Sr. Smith. Era o caos mais silencioso que eu já tinha visto ou ouvido, então apenas fiquei sentada ali, tentando evitar que a minha mente voasse para longe dali, para a passagem secreta vazia lá embaixo, à procura de Macey.

No andar abaixo de nós, as garotas se reuniam para o café da manhã de sábado; lá em cima, nas suítes, metade da turma do penúltimo ano ainda dormia. As notícias sobre Macey ainda não tinham se espalhado, mas isso logo aconteceria... e eu sabia que era missão das pessoas reunidas ali na sala da minha mãe fazer com que não se espalhassem para muito longe; então talvez fosse por isso que Joe Solomon estava me olhando como se fôssemos as duas pessoas na sala — na escola. O mundo dele não estava caindo. Ele consertaria tudo — eu poderia consertar tudo. Só tinha que...

— Diga *tudo*, Srta. Morgan.

— A última vez que a vi foi ontem à noite.

— *Tudo*.

— Às 20h47 da noite passada, nós estávamos na cidade... no jogo de futebol americano — admiti, esperando que ele gritasse ou pelo menos parecesse confuso, mas não é à toa que Joe Solomon é um dos melhores agentes secretos do mundo. Ele apenas concordou e disse para que eu continuasse. — E nós vimos Zach.

Talvez fosse minha imaginação fértil, mas eu poderia jurar que *isso* fez o Sr. Solomon piscar. Pensei no modo como ele e Zach haviam se encontrado no túnel do trem na Filadélfia. Um monte de perguntas me veio à mente, porém, por mais que eu quisesse respostas, o que eu mais queria era Macey de volta. Então perguntei:

— Você quer que eu repita todas as palavras?

Ele pareceu gostar da oferta, mas balançou a cabeça.

— Agora, não.

— Zach e eu estávamos falando sobre o Círculo de Cavan... Eu descobri, sabe? Sobre o anel e a espada?

Ele sorriu.

— Eu sabia que você descobriria. Continue.

— Macey nos ouviu. Ela não sabia que era descendente de Gillian. Queria saber se tinha sido esse o motivo de ela ter sido admitida na escola. Ela não sabia de nada disso até aquele momento, então ela... fugiu. O lugar estava cheio e barulhento, e eu a perdi. — Eu não conseguia olhar para o meu professor. — Eu deveria ser uma artista de calçada, mas a perdi.

— É isso o que ela faz, Srta. Morgan. — Os olhos do Sr. Solomon encontraram os meus, mas havia algum tipo de mudança nele. — Fugir — acrescentou. — É claro que, tecnicamente, o padrão dela é fazer alguma coisa para ser expulsa, mas isso não era uma opção desta vez, então ela fez as coisas de outro jeito. Você sabe do que estou falando, Srta. Morgan?

Mas, infelizmente, eu não sabia.

— Às vezes as pessoas fogem... para ver se os outros irão atrás delas.

Eu via Joe Solomon todos os dias de aula havia mais de um ano, mas acho que nunca o conhecerei de verdade. Às vezes ele é uma das pessoas mais fortes que conheço, mas às vezes há momentos — como aquele — em que penso que ele deve ter se ferido muito profundamente, e que isso jamais cicatrizará.

E então, num piscar de olhos, ele voltou a ser o meu professor.

— Alguma coisa sumiu do quarto de vocês?

Parei por um segundo, fechei os olhos e visualizei o lugar.

— O passaporte dela.

— Roupas? Dinheiro?

— Ela tem 14 cartões de crédito e sabe o número de todos eles de cor.

O Sr. Solomon pareceu querer rir.

— Neste momento, ela também tem o rosto mais famoso do país, Srta. Morgan — disse-me ele, sem nenhum traço de preocupação na voz. — Acho que conseguiremos encontrá-la. — Mas então ele analisou a minha expressão e o sorriso sumiu dos lábios dele. — O que foi?

— Bem — falei, lentamente —, lembra aquela aula sobre disfarces?

Não havia tempo para gritos. Aquele não era o lugar para uma lição sobre arrependimento de mãe para filha. Enquanto os nossos professores se agrupavam à nossa volta, dei todos os detalhes sobre os itens que Macey tinha levado. Quando terminei, a minha mãe balançou a cabeça e se dirigiu para o telefone. Infelizmente, tia Abby não se distraía tão facilmente.

— Eu sei o que fiz — falei, antes que minha tia pudesse dizer uma única palavra.

— Sabe? — Havia algo profundo nos olhos dela. Ela não era só tia Abby; era mais do que a protetora de Macey; por uma fração de segundo se tornou a mulher no trem, mas depois, com a mesma velocidade, aquela mulher desapareceu. — Você foi para a cidade sozinha e... e agora chega a quinta-feira e temos que apresentar Macey McHenry, e, se não fizermos isso, todos os agentes do Serviço Secreto e metade do FBI vão aparecer nesta mansão, Cameron, e não sei se nem mesmo a sua mãe será capaz de mantê-los fora daqui. Eles vão levantar os tapetes, derrubar portas até encontrar cada passo de Macey, e, no processo, podem arrancar a minha cabeça como exemplo. E, enquanto isso, ela... — Abby pôs uma das mãos no quadril e, pela primeira vez, vi um coldre. Como fumaça e fogo, eu soube que, em algum lugar, havia uma arma. — Ela está fora daqui. Só Deus sabe onde...

— Nova York! — gritou Buckingham, batendo um telefone. — Uma moça comprou uma passagem de ônibus para Nova York na noite passada. A descrição bate com a de Macey. E alguém reservou um jato particular para a Suíça, usando os dados da empresa da mãe de Macey.

Abby olhou para mim.

— A família dela tem uma casa lá — falei. — Faz sentido.

Minha mãe se virou para Buckingham.

— Temos ex-alunas na Suíça?

— É claro — respondeu ela.

— Mande que fiquem de olho nela até conseguirmos enviar uma equipe.

A professora Buckingham se virou para sair, mas a minha mãe a chamou de volta.

— Patricia, diga a elas que Macey é um alvo difícil. Diga que é uma de nós.

Eu daria tudo para que Macey tivesse ouvido aquilo. Talvez então ela acreditasse em mim. Talvez então ela não tivesse fugido. Talvez assim as coisas fossem diferentes. Mas Macey não ouviu, e esse era o problema. Ela estava do outro lado do mundo. Sozinha. E bastou um olhar para a expressão preocupada da minha mãe para que eu soubesse que nós provavelmente não éramos os únicos que a estávamos procurando.

Quando Abby atravessou a porta, Bex, Liz e eu corremos atrás dela.

— Quando partimos? — perguntou Bex.

— *Nós* não vamos a lugar nenhum — retrucou Abby.

Pela janela, vi que um helicóptero já estava à espera dela, com as hélices girando. Ela correu pela escada, mas, de repente, parou.

— Ela vai ficar bem, vocês sabem... — Por um segundo, ela voltou a ser a antiga Abby, quando jogou o quadril para o lado e disse: — Confiem em mim.

* * *

Eu sei, cientificamente falando, que todos os dias têm 24 horas; 1.440 minutos; 86.400 segundos. Mas até mesmo Liz reconheceu que os dias pareciam mais longos enquanto olhávamos para fora por todas as janelas pelas quais passávamos, esperando que os portões se abrissem para vermos tia Abby e Macey descendo o caminho de entrada.

Mas os portões continuavam fechados. O caminho continuava vazio. E Macey continuava desaparecida.

Na segunda-feira à noite, um sentimento ressurgia dentro de mim, como um vírus adormecido durante anos, quando pensei na época em que os meus pais ficavam ausentes durante dias ou semanas; antes de eu saber que o meu pai nunca mais voltaria. Descendo as escadas para o jantar, eu não conseguia afastar a sensação de que eu era muito boa em sumir, mas o tipo de sumiço de Macey era completamente diferente.

— Ops, desculpe — disse alguém, no momento em que olhei e vi Tina Walters subir correndo.

O cartaz no Salão Nobre dizia que, naquela noite, deveríamos conversar em russo. O cheiro que invadia o hall dizia que comeríamos lasanha. Mas algo no modo como Tina olhou para mim me disse que nenhuma das alunas no nono ano estava com muita fome.

— Você está bem, Cam? — perguntou ela, e eu balancei a cabeça, mas, por algum motivo, não pude sair da frente dela.

— Tina, você ouviu... — comecei, mas então fiz uma pausa, porque, honestamente, eu mal podia acreditar no que estava prestes a perguntar. — Suas fontes ouviram alguma coisa?

Eu queria que ela dissesse que Macey estava bem. Eu havia me preparado para uma história louca sobre uma garota que se encaixava na descrição de Macey se fazendo passar por uma ex-atiradora da KGB em Bucareste. Eu precisava de qualquer coisa, menos ver Tina balançar a cabeça e dizer:

— Nem uma palavra. — Ela deu um sorriso simpático. — Mas nenhuma notícia pode significar boas notícias, não é? Está todo mundo atrás dela.

Mas quando olhei para cima, para o Hall de História, tudo o que pude fazer foi encarar a espada que ainda brilhava dentro do estojo, uma lâmina afiada cortando o tempo, e sussurrar:

— É disso que eu tenho medo.

Sou especialista em me esconder. Não quero me gabar, mas é verdade, e, enquanto fiquei sentada encarando meu prato durante o jantar, alguma coisa no sumiço de Macey não fazia sentido.

— Os dois disfarces — falei.

— O quê? — perguntou Bex, inclinando-se para mim.

— Os dois disfarces tinham sumido quando voltamos. O que ela usou e o que eu usei.

Então Bex sorriu para mim.

— Você está pensando o mesmo que eu? — perguntou ela, e, num segundo, estávamos correndo escada acima, com Liz atrás de nós.

O Hall de História estava escuro. A porta da sala da minha mãe estava fechada, mas eu não diminuí o passo até

Madame Dabney aparecer do nada, bloqueando o meu caminho.

— Preciso falar com a minha mãe — falei.

— Oh, Cammie, querida, temo que sua mãe não esteja aí.

— Mas eu preciso falar com ela! — insisti.

— Bem, não duvido disso, mas, dadas as circunstâncias recentes, a diretora foi encontrar o senador e a Sra. McHenry para explicar por que a filha deles vai... se atrasar... para a festa de encerramento da campanha amanhã à noite. Isto é, se é que vamos conseguir trazê-la da Suíça a tempo — acrescentou Madame Dabney, no exato momento em que Bex e eu demos um passo à frente.

— Mas Macey não está na Suíça — dissemos, ao mesmo tempo.

Madame Dabney parou e se virou.

— Por que vocês estão dizendo isso? O que sabem?

— Bem... — Bex e eu nos entreolhamos. Então prossegui: — É só que ela levou os dois disfarces. E faz três dias que vocês estão procurando Macey na Suíça. Acho que o motivo para que ninguém a tenha encontrado é ela não estar lá.

— Cameron, querida, entendo a sua preocupação, mas uma garota que se encaixa na descrição de Macey pegou um jato particular para a Suíça...

— Mas... — comecei, porém Madame Dabney não me deixou terminar.

— O passaporte dela passou pela imigração. Ela está lá, meninas. — Madame Dabney deu um tapinha no meu braço. — Ela está lá. E não quero que vocês se preocupem. Vamos encontrá-la.

Enquanto subíamos para nossa suíte, eu não podia evitar pensar se Macey merecia ou não ser chamada de Garota Gallagher; se ela era boa o bastante ou não. As duas coisas não podiam coexistir, independentemente do que os nossos professores pensavam.

Fechei a porta atrás de nós e olhei para Bex.

— Se você fosse Macey, o que faria? — perguntei.

— Para começar, ficaria fora das redes — disse ela, e eu concordei. — Cartões de crédito e passaportes são coisas de amador. Não importa em que ano ela tecnicamente esteja, Macey não é amadora.

Bex fez um gesto, indicando que era a minha vez.

— Se eu tivesse o rosto mais famoso do país e dois disfarces, jamais viajaria para a Europa sem usar um deles.

Bex assentiu e olhei para Liz, que deu de ombros.

— Sou uma nerd. Não entendo de operações secretas — admitiu ela.

— Você conhece Macey — sussurrou Bex, e essa provavelmente era a coisa mais verdadeira que qualquer uma de nós tinha dito em muito tempo.

Liz se recostou na cama. Eu podia vê-la vasculhando o gigantesco banco de dados que era a cabeça dela, mas a resposta não estava lá — estava no coração. Por fim, ela respirou fundo e disse:

— Acho que eu iria para algum lugar seguro.

A mansão estava silenciosa. Eu me inclinei contra uma janela fria, vendo as peças do quebra-cabeça flutuando na minha mente até entender que elas não se encaixavam bem. Pensei nas palavras de Liz e no rosto de Macey, pálido, fantasmagórico, sob as luzes ofuscantes do campo de futebol gelado. O vento frio soprou nos meus braços — vi nossa amiga tremer de frio. E então... eu soube.

— Pegue as chaves da van, Liz — falei, me levantando e caminhando para a meu armário.

Bex já estava se apressando — para o quê, não importava. Mas Liz olhou para mim, me analisando.

— Aonde nós vamos?

— Trazer a nossa irmã para casa.

Capítulo Vinte e Seis

Acho que, até aquela semana, nenhuma garota tinha fugido da escola em toda a história da Academia Gallagher. Mas, na quinta-feira de manhã, o número havia subido para quatro.

Enquanto Liz dormia e Bex dirigia, eu estava sentada no banco do carona da minivan, com medo de que não encontrássemos o lugar. Afinal, no final do verão, a floresta havia estado densa, com folhagens verdes, arbustos e mato alto ladeando o caminho estreito. Mas, em novembro, os campos não estavam cultivados, as árvores estavam nuas e, à luz pálida do amanhecer, o mundo todo parecia uma miragem, ou talvez apenas um disfarce muito bom, e eu não podia deixar de pensar que, independentemente das minhas habilidades de espiã, da última vez que havia estado ali eu era uma garota com uma concussão.

Bex dirigia devagar por uma estrada asfaltada, até que eu finalmente vi um caminho de cascalho não muito maior que uma trilha e disse:

— Vire aqui.

— O que é isso? Alguma espécie de esconderijo? — perguntou Bex, enquanto estreitávamos os olhos para ver melhor sob a luz pálida e por entre o mato denso.

Pensei no que o nosso professor de OpSec tinha dito.

— É melhor que seja — falei quando Bex parou o veículo. — É do Sr. Solomon.

Relatório de Operações Secretas

As agentes Morgan, Baxter e Sutton decidiram seguir a pé, levando em conta que o dono da propriedade era um profissional de segurança altamente treinado (além de muito, muito gato).

Abrindo caminho pelo mato, procurei algo que fosse familiar. Consegui ver o telhado de uma cabana por cima das árvores, mas não havia fumaça na chaminé — nenhum sinal de vida — e uma centena de dúvidas me invadiram: e se eu estivesse errada e Macey não houvesse fugido para lá? E se tivéssemos chegado tarde demais? E então fiz a pergunta que me assustava menos: e se aquela não fosse a casa certa?

Quando dei outro passo, a mão de Bex agarrou o meu braço e eu congelei. Não precisei olhar para baixo para saber que meu pé direito estava a poucos centímetros de distância de um arame fino que, sem dúvida, acionaria um alarme silencioso. Não precisei que Bex dissesse: "Estamos no lugar certo" para saber que era verdade.

Agora, normalmente, nas circunstâncias secretas ideais, uma agente altamente treinada iria devagar. Inspecionaria o local. Planejaria uma rota cuidadosa, ou dividiria o grupo. Mas circunstâncias ideais raramente incluem Liz.

— Ei, o que vocês estão... — começou ela e, no instante seguinte, estava tropeçando numa pedra e gritando: — Ai, minha nossa!

Ela foi lançada de cabeça por cima do arame perto do meu pé e aterrissou numa pilha de folhas. Bex e eu corremos atrás dela, mas era tarde demais: a gravidade já havia entrado em ação e Liz estava deslizando pela colina, passando por arbustos e por entre dois feixes infravermelhos detectores de movimentos tão perfeitos que tenho certeza de que, se tentássemos, não conseguiríamos reproduzir tamanha precisão.

— Ela vai bater naquele... — começou Bex, mas não pôde terminar, porque em vez de atingir um tronco caído, Liz de algum modo conseguiu mudar de direção e seguiu por um bosque de amoreiras silvestres.

— Liz! — gritei, correndo atrás dela até que o solo ficou muito íngreme, as folhas, muito molhadas de orvalho, e os meus pés também escorregaram sob mim. Atrás de mim, ouvi Bex ofegar quando também escorregou.

Galhos batiam no meu rosto. As minhas mãos estavam enterradas na lama, até os pulsos, e, ainda assim, eu continuava caindo para a frente, cada vez mais rápido. Na minha cabeça, as sirenes já estavam tocando — uma equipe da S.W.A.T. já estava a caminho.

E então, finalmente, a queda terminou. Fiquei sentada no chão, coberta de lama e de folhas. Eu não sentia nada além da minha respiração e do peso de Bex, que havia caído em cima de mim. Tentei limpar a lama dos meus olhos, quando duas pernas inacreditavelmente longas apareceram acima de nós e Macey McHenry disse:

— Vocês estão atrasadas.

As agentes decidiram usar essa rara oportunidade para fazer um reconhecimento detalhado das casas em que profissionais de segurança treinados passam parte do seu tempo. Durante esse período, elas descobriram o seguinte:

- Uma caixa de iscas, varas e anzóis que poderia ser MUITO útil em táticas de interrogatório ilegal. (Mas, numa inspeção mais detalhada, eles realmente pareciam ser usados para pescar.)
- Quatro camisetas brancas básicas.
- Seis pares de meias ¾.
- Um canivete suíço (que parecia ter sido fornecido pelo Exército Suíço mesmo).
- Quarenta e sete mapas em 16 idiomas.
- Nenhuma carta de amor, nenhuma foto nem cadernos com rabiscos na capa.
- O kit de primeiros socorros mais completo que um homem já montou.

— Comida de gato! — gritou Liz, quando espiou dentro de outro armário. Ela acrescentou essa informação à lista e depois disse: — Fico imaginando o que *isso* significa.

Eu podia sentir Bex e Liz eufóricas para absorver cada detalhe do lugar, maravilhadas com o fato de as cortinas serem feitas em casa e as janelas não serem blindadas. Mas continuei ao lado da cama estreita, olhando para a colcha de retalhos e relembrando as coisas que o Sr. Solomon tinha me dito ali, sabendo que, de alguma forma, as respostas não estavam naquela pequena cabine. Não importava quanto Liz procurasse, ela não encontraria uma bola de cristal.

Macey estava ao meu lado. Ela olhou para os nossos reflexos na janela e depois para o lago. Não pude deixar de pensar que tinha demorado muito tempo para sairmos da extremidade do píer.

Talvez Liz estivesse certa, e Macey quisesse algum lugar seguro. Talvez o Sr. Solomon realmente entendesse que só fugindo Macey saberia se iríamos atrás dela. Ou talvez, como eu, ela só quisesse desaparecer por um tempo.

Mas isso não mudava o fato de que nós a havíamos encontrado.

E não éramos as únicas pessoas procurando.

A porta de tela rangeu quando saímos. Fazia menos de três meses, mas, de algum modo, havíamos encontrado o caminho de volta, e eu precisava saber se Macey ainda era a garota no lago.

— Macey — comecei, mas, antes que pudesse até mesmo respirar, ela leu a minha mente.

— Sei que não podemos ficar.

Há um tipo de segurança inerente a casas no lago com proteção da CIA, folhas caídas e disputas de quem consegue atirar pedras mais longe (a propósito, Bex ganhou de lavada). Mas toda espiã sabe que as coisas sempre vão mudar. E a van estava esperando.

— Podemos voltar para a escola, ou você pode ir para junto dos seus pais, para a festa de encerramento da campanha, mas... — Eu me peguei procurando as palavras que tanto temia.

— Foi tão fácil assim me encontrar? — perguntou Macey, ainda olhando para o lago como se fosse um espelho.

— Não — respondi, e ela olhou para mim pela primeira vez. — Nós a achamos porque você é boa demais para ser localizada com um telefonema.

Eu me sentei na beira do píer.

— Além disso, você levou os dois disfarces. Com um deles, fica parecendo outra pessoa. — Pensei na peruca preta que eu havia usado. — Com o outro, a pessoa certa pode ficar parecida com você.

— A partir daí foi fácil imaginar você oferecendo a alguma garota pobre e inocente uma viagem grátis para a Europa, e trocando de passaporte com ela — acrescentou Bex, enquanto ela e Liz se aproximavam por trás de nós.

— Então isso explica como vocês adivinharam... — Macey começou.

— *Soubemos* — corrigiu Liz, nada disposta a levar apenas parte do crédito quando acertava uma resposta.

— Souberam — prosseguiu Macey — que eu não estava na Suíça. Como me encontraram aqui?

Olhei para o lago e pensei num dia não muito tempo antes.

— É para onde eu viria — falei, e só então percebi que era verdade.

— Eu também — concordou Bex.

Todas nós olhamos para Liz, que disse:

— É!

Macey riu. Foi tão rápido e claro que eu poderia jurar que fez uma onda percorrer o lago.

— Eles ainda estão procurando na Suíça mesmo?

— A esta altura, já devem ter ampliado a área de busca para incluir metade do norte da Europa — disse Bex, com um sorriso.

— Você ainda acha que eles só a admitiram por causa da sua família? — perguntei.

— Acho.

A resposta de Macey me assustou. Eu estava me levantando. A madeira áspera do deque incomodava as minhas mãos, que sustentavam boa parte do meu peso, e, ainda assim, eu não conseguia me mexer.

Macey sorriu. Ela ergueu uma sobrancelha e acrescentou:

— Mas não foi por isso que me mantiveram lá.

Eu não tinha dúvidas de que, de todos os testes pelos quais Macey McHenry havia passado durante o último ano, aquele era o maior.

— Além disso — disse ela de brincadeira, piscando os olhos —, meu pai pode ser o segundo homem mais poderoso dos Estados Unidos.

— Bem — disse Liz, baixinho —, não por muito mais tempo.

— Por quê? — perguntei, olhando para ela.

— Porque as urnas foram abertas há duas horas.

Espiãs são boas em fingir, então fizemos de conta que a pior parte havia acabado; agimos como se tudo fosse ficar bem. Abrimos as janelas, cantamos em voz alta e tentamos não pensar em por que tínhamos que fazer paradas não programadas, virar sem sinalização e lançar mão de tantas outras técnicas de contravigilância, que eram a marca de motoristas muito ruins e espiãs muito boas.

Mas não importava quão boas éramos em contravigilância motorizada, havia pelo menos um confronto perigoso do qual não poderíamos escapar.

— Estamos com ela.

A parada na rodoviária estava barulhenta — cheia de sons de motores a diesel e tinir de pratos e talheres sendo retirados das mesas engorduradas —, e, por um momento, temi que a minha mãe não tivesse me ouvido.

— Eu disse que estamos...

— Sim, Professora Buckingham — disse mamãe devagar, e, a princípio, comecei a corrigi-la. Queria dizer que ela havia confundido a minha voz. Mas então minha mãe continuou: — É *muito* bom ter notícias suas. Na verdade, eu me pergunto *onde você está agora*, Patrícia?

Então entendi que havia alguém perto dela.

— Estamos voltando — disse eu, sem querer revelar muito ao telefone. — Mãe, lamento termos fugido. — As palavras saíram depressa, de um fôlego só. — Tentamos contar a Madame Dabney, mas todos estavam tão ocupados procurando na Suíça... Só que os meus instintos me diziam que ela estava lá, e...

— É claro que as coisas estão prontas para você aqui. Se Macey terminou o teste de biologia e estiver pronta, o Serviço Secreto pode trazê-la de volta para Washington, e então ela poderá se juntar aos pais *o mais rápido possível.*

Caminhei mais para dentro do corredor estreito, afastando-me do salão barulhento do restaurante e esticando o fio do telefone até o limite.

— Eles não sabem que ela fugiu, não é?

— Claro que não — respondeu minha mãe, a grande espiã. — Seria muito problemático.

Pensei no senador e na Sra. McHenry, e algo me fez sorrir.

— Quão furiosos estão por ela não estar aí?

— Eu cuidei de tudo — disse ela, sua voz ainda perfeitamente regular e prazerosa.

Um aparelho de TV alardeava notícias em tempo real — um mapa do país, pronto para ser repartido, um estado de cada vez, entre vermelho e azul. Era dia de eleição nos Estados Unidos, mas só havia um voto que importava, e, ironicamente, era justamente o que os McHenry tinham perdido havia muito tempo.

— Cam! — gritou Bex. — Está na hora.

— Mãe, eu te amo. — De repente precisei dizer isso.

Houve uma longa pausa na linha. Por um instante achei que a ligação tivesse caído.

— Sinto exatamente a mesma coisa. E, Patrícia — a voz da minha mãe ficou mais baixa —, depressa. E *tome cuidado*.

Eu poderia ter dito um monte de outras coisas, só que o telefone público não era seguro (para não dizer higiênico), e, além disso, minhas amigas — e a nossa missão — estavam esperando.

As agentes começaram os preparativos para se infiltrar em território hostil (também conhecido como festa oficial de encerramento da campanha Winters-McHenry).

As agentes Sutton e Baxter estavam ansiosas para saber se isso requereria a compra de roupas novas.

Infelizmente, de acordo com a agente McHenry, para que nos misturássemos completamente, as novas roupas das agentes não seriam muito bonitas. Ou confortáveis.

Washington foi a primeira casa que conheci de verdade, mas, naquela noite, as ruas me pareciam estranhas pela primeira vez. Talvez fosse o automóvel que eu dirigia (minivans Dodge com motores de última geração não eram exatamente comuns, sabe?), ou talvez fosse o fato de a garota mais famosa do país estar no banco de trás, usando uma peruca ruiva, mas eu me sentia tudo, menos invisível enquanto seguíamos por ruas apinhadas de vans de jornais e barricadas do Serviço Secreto.

À medida que nos aproximávamos do hotel, passamos por correspondentes fazendo transmissões ao vivo para todas as emissoras de notícias do país, e não pude evitar — pensei em Boston. E soube que não fui só eu quando, ao meu lado, Macey estremeceu.

Eu estava começando a pensar em como exatamente nos esgueiraríamos para dentro ou bajularíamos alguém para entrar (afinal, Macey não poderia aparecer sem a proteção do Serviço Secreto) quando uma voz familiar cortou a multidão:

— Cameron!

As agentes se lembraram de que possíveis sequestradores nem sempre são tão assustadores quanto agentes-barra-mães-barra-diretoras que sabem que você está fora da escola sem permissão.

— Cammie! — chamou minha mãe outra vez, correndo ao nosso encontro.

— Mãe, eu... — comecei, querendo explicar ou me desculpar, implorar perdão ou misericórdia, mas não consegui fazer nada disso, porque, no momento seguinte, agentes do Serviço Secreto se amontoaram à nossa volta.

Notei a unidade de comunicação no ouvido da minha mãe. Percebi que as agentes à nossa volta eram todas mulheres. Uma delas piscou para mim e, por um segundo, eu me perguntei se tia Abby não era a única Garota Gallagher que tinha uma missão especial.

Ainda assim, minha mãe não piscou. Não sorriu. Em vez disso, agarrou o meu braço e nos levou na direção do prédio.

Alguma coisa está acontecendo, pensei. Há algo errado. Havia centenas de perguntas que eu queria fazer, mas não tive tempo — muito menos fôlego —, quando a porta de uma saída de emergência se abriu e minhas amigas e eu fomos conduzidas para dentro.

Andando pelo corredor estreito, a sensação de *déjà vu* era forte enquanto passávamos por cartazes da campanha e carrinhos de serviço de quarto — os bastidores da festa — até finalmente sairmos num espaço com espelhos de moldura dourada e paredes cobertas de seda. Lembrei-me da sala de chá de Madame Dabney e percebi que, de certo modo, a nossa escola havia passado os últimos quatro anos e meio nos preparando para aquele momento.

Uma garota normal poderia olhar para o teto ornamentado e se perguntar se algo ruim poderia algum dia acontecer num lugar tão bonito. Mas somos Garotas Gallagher. Sabemos que sim.

— Macey — disse minha mãe, ainda sem ter nem sequer olhado para mim. — Vá com esses agentes. Seus pais estão esperando por você.

Mas Macey não se mexeu, e eu me lembrei de que aquele era o mundo no qual ela *havia nascido*. O mundo que ela *havia escolhido* era uma cabana à beira do lago.

— Vá, querida — insistiu minha mãe.

Então o governador Winters em pessoa passou por nós — e eu soube que estávamos num dos lugares mais seguros do país; ainda assim algo pairou no ar quando minha mãe disse:

— Preciso conversar com Cammi por um...

Não tenho certeza do que ela teria dito — o que me diria —, pois ela nunca teve a chance de terminar, porque, no instante seguinte, um grito de "Aí está você!" percorreu a sala. As eleições tinham terminado, então talvez tenha sido por isso que Cynthia McHenry não hesitou em alfinetar a filha:

— *O que* você está usando?

Macey levantou a mão como se tivesse se esquecido completamente da peruca.

— Protocolo, senhora — respondeu uma das agentes ao lado de Macey. — Achamos que seria melhor manter sua filha disfarçada ao sairmos da escola.

— Bem, ela está em local seguro agora — disse a mãe de Macey. Então os olhos dela percorreram o salão de baile, que ficava mais cheio a cada segundo. — Vocês vêm ou não? — perguntou ela, dirigindo-se a todas nós.

Macey olhou para nós como se pedisse cobertura, mas sabíamos que ela tinha que ir sozinha.

Ela deu um passo, mas eu estava tão ocupada tentando decifrar a preocupação nos olhos da minha mãe, que mal vi minha amiga se afastar.

— Cam, nós precisamos... — começou ela, mas, novamente, não conseguiu terminar.

— Sra. Morgan — interrompeu Cynthia McHenry. — Venha comigo, por favor.

Minha mãe poderia ter dito não. Poderia ter ido embora. Mas, em vez disso, disse para mim:

— *Espere aqui.*

E eu soube que ela não era apenas a minha mãe e diretora — era uma Garota Gallagher, e se agarraria à sua lenda até o fim.

PRÓS E CONTRAS DE ENTRAR DE PENETRA NUMA FESTA PRESIDENCIAL:

PRÓ: Há agentes do Serviço Secreto e profissionais da imprensa nacional por todo lado, então sua mãe não pode gritar com você por ter fugido.

CONTRA: Você sabe que, mais cedo ou mais tarde, ela vai acabar gritando com você, e, quanto mais demorar, pior.

PRÓ: Pessoas que desistiram de dormir e comer e que abriram mão de qualquer tipo de formalidade (e/ou grandes somas de dinheiro) por dois anos para eleger alguém presidente realmente não economizam nos camarões gigantes do bufê.

CONTRA: Pessoas que estiveram em campanha, carregando sua vida na mala, morando em ônibus e trens por tanto tempo também tendem a deixar a higiene pessoal (sem falar no respeito pelo espaço individual) um tanto de lado.

PRÓ: Como descobrimos, festas presidenciais têm bandas!

CONTRA: A banda toca as mesmas músicas dos comícios sem parar.

Espiãs passam a maior parte do tempo esperando. Sei que parece loucura, mas é verdade. E, naquela noite, enquanto estava no enorme salão de baile, contando os balões presos nas redes acima da nossa cabeça (havia pelo menos 7.345), não pude evitar pensar que estávamos tendo o melhor treinamento de operações secretas da minha vida.

Bex passou boa parte da noite conversando com um executivo do petróleo que, mais tarde, descobrimos que era culpado de especulação (a título de informação, alguns dias depois entramos no sistema da Comissão de Valores Mobiliários e deixamos uma denúncia anônima). Liz usou sua memória fotográfica para reler seu exemplar de *Criptografia avançada e você*, preparando-se para um grande teste do Sr. Mosckowitz.

Mas tudo em que eu conseguia pensar era no olhar da minha mãe quando Cynthia McHenry a arrastou dali.

— Há algo errado... — murmurei.

— Cammie! — Uma voz invadiu os meus pensamentos, então me virei. — Ei, achei mesmo que fosse você — disse Preston, caminhando até nós.

Bex o olhou de alto a baixo. Nervosa, Liz balançou a cabeça. Na frente do salão, o mestre de cerimônias solicitou que todos fizessem silêncio e pediu que o som de uma televisão fosse aumentado quando o âncora disse:

— Sim, é oficial. Os votos de Ohio são do governador Winters e do senador McHenry.

Uma enorme comemoração encheu o salão. Pessoas ergueram taças para brindar. Mas eu estava tendo um *flash-back* das sombras debaixo das arquibancadas num dia ensolarado.

— Vocês também são amigas de Macey? — perguntou Preston, virando-se para Bex e para Liz, e pude sentir minha nota em Cultura e Assimilação despencar.

— Ah, me desculpe — me apressei em dizer. — Preston Winters, esta é Rebecca.

— Bex — corrigiu-me ela, com sotaque americano.

— E esta é Liz — disse eu. Liz corou, mas não disse nada. — Então? Está ansioso para que isto acabe? — perguntei, porque... bem, eu tinha certeza de que deveria dizer *alguma coisa.*

Ele olhou em volta, depois se inclinou e sussurrou:

— Morrendo de ansiedade.

— Acho que o Serviço Secreto não aprovaria sua escolha de palavras — disse Bex.

— Acho que não — concordou ele, rindo.

À nossa volta, eu sentia o salão mudar à medida que a noite avançava e o mapa na parede era dividido entre vermelho e azul.

— Ei — disse Preston, olhando para mim —, posso conversar com você um minuto?

Olhei para Bex e para Liz, que gesticularam para que eu fosse. Então o filho do candidato à presidência e eu caminhamos até um canto tranquilo.

— Reconheço que o que estou prestes a dizer me fará parecer, oficialmente, uma garota. — Por um segundo, esqueci os meus medos e ri. — E estou bancando isso. Então é porque deve valer a pena, certo?

— Certo — respondi, segurando um sorriso.

— Mas é que tenho que lhe perguntar sobre... Macey *fala* alguma coisa de mim? — perguntou ele, por fim.

Apesar da minha excepcional educação, eu não fazia a mínima ideia de como responder àquela pergunta. Talvez porque tenhamos passado mais de um ano tentando entender os garotos, mas em nenhum momento passou pela nossa cabeça que poderíamos ser igualmente enigmáticas para eles. Porém, mais provavelmente, porque eu não soubesse o que dizer.

— Ela não fala muito sobre nada disso — admiti, por fim, gesticulando para a festa à nossa volta; o outro mundo de Macey. — Isso não é... *ela de verdade*, sabe?

Preston sorriu. Ele sabia. E, naquele exato momento, eu soube que aquilo também não era ele de verdade.

— Você pensa em Boston, Cammie? — perguntou ele, mas não tive a chance de admitir que pensava, e muito. — Eu penso — disse Preston, e então sorriu. — Ela é realmente especial, não é?

— Sim — respondi, devagar. — Ela é.

Então ele me olhou como eu tinha sido olhada talvez uma ou duas vezes em toda a minha vida, e senti um leve tremor que vem de sermos realmente vistos.

— Algo me diz que ela não é a única.

— Preston... — comecei, mas ele apenas balançou a cabeça.

— Quaisquer que sejam os segredos que você e Macey guardam, Cammie, não quero conhecê-los. — Ele deu um passo para se afastar, mas, de repente, parou e chegou mais perto. — Só me diga uma coisa: tem a ver com *Lycra*? — ele fechou os olhos e seu rosto ficou com uma expressão realmente boba. — Porque acho que tem.

— Preston! — disse eu, rindo e dando um tapinha de leve no braço dele.

Vi Macey caminhando até Bex e Liz e, antes que eu pudesse dizer mais alguma coisa, Preston caminhou diretamente na direção dela.

— Meu Deus, Preston — Macey revirou os olhos —, você não tem...

— Macey, vim aqui dizer que, se nossos pais vencerem, vamos nos ver bastante. — Macey abriu a boca, como se fosse protestar, mas Prestou não a deixou nem respirar. — E, se eles perderem... bem, acho que mesmo assim deveríamos nos ver bastante. Então... — Ele deu de ombros e concluiu: — É só isso.

Então ele se afastou, enquanto Liz, Bex, Macey e eu não pudemos fazer nada a não ser vê-lo se afastar.

— Ele não parece um pouco... — começou Macey, mas foram Bex e Liz que terminaram, em uníssono:

— Gato?

Macey balançou a cabeça, como se talvez fosse verdade; talvez não houvesse problema em admitir; talvez — só talvez —, no fim das contas, houvesse alguma vantagem em ser a filha do vice-presidente. Mas então o olhar dela mudou, como se uma centelha tivesse sido acesa.

— E, por falar em gato — disse ela —, quais são as novidades com Zach?

Pensei em Preston, que tinha acabado de fazer uma das coisas mais ousadas que eu já havia testemunhado, e percebi que amar alguém envolve coragem. Envolve força. Mas eu nunca tinha sido corajosa com relação a Zach — nunca havia tido a oportunidade de dizer o que eu queria. Pensei no modo como ele me olhou no jogo de futebol americano e, de repente, pareceu tarde demais.

— Acho que ele não gosta mais de mim. Talvez nunca tenha gostado *de mim*. Talvez eu fosse só... *um desafio*?

Macey deu de ombros.

— Acontece.

— Não, Cam — protestou Liz. — Quem sabe ele não está só...

Mas ela não conseguiu continuar, porque aquela frase só poderia terminar de um jeito ruim.

— Bem, acho que agora você tem uma chance de descobrir — disse Macey, apontando pela multidão na direção do garoto parado no meio do salão, com as mãos nos bolsos e os ombros caídos, como se fosse o cara mais inofensivo do mundo.

— Ouvi dizer que alguém está matando aula — disse Zach.

Ele sorriu. Parada ali, eu sentia quase como se nada de ruim tivesse acontecido — ou pudesse voltar a acontecer.

— É que tem um garoto na minha vida — falei. — Ele é uma péssima influência.

Zach concordou com a cabeça.

— Garotos maus têm talento para fazer essas coisas. Mas eles valem a pena.

O salão de baile estava muito cheio e quente. Eu me senti meio tonta quando Zach se inclinou para a frente e sussurrou:

— Posso conversar com você?

Assim que senti a mão dele na minha, esqueci as palavras da minha mãe. Não pensei na promessa que tinha feito a ela. Queria um lugar mais silencioso, mais fresco. E, acima de tudo, queria respostas. Então deixei Zach me conduzir por uma porta lateral em direção a uma rua que, de algum modo, tinha virado um beco, graças ao cerco do Serviço Secreto e aos bloqueios na cidade.

Tremi e passei os braços em volta do meu próprio corpo, desejando ter levado um casaco. De repente, pareceu frio demais para a primeira quinta-feira de novembro.

Alguém havia deixado uma das portas do hotel aberta, e ouvi quando a banda parou de tocar. Algum outro estado devia ter sido definido, porque um lamento ecoou na noite. Mas eu não estava escutando de verdade. Não mais.

Porque estava escuro.

E frio.

E Zach estava tirando a jaqueta e a colocando sobre os meus ombros, o que (de acordo com Liz, que tinha verificado com Macey) era a coisa mais sexy que um cara poderia fazer.

As mãos dele permaneceram nos meus ombros um segundo a mais do que o necessário. A jaqueta estava quente e tinha o cheiro dele. O vento soprou com mais força, fazendo com que pedaços de confete revoassem à nossa volta, como se fosse uma nevasca patriótica.

Aquele era o momento em que tudo deveria ser perfeito.

Afinal, garoto realmente bonito? Confere. Cenário dramático e romântico? Confere. Proximidade física sem supervisão dos pais? Confere.

Mas Zach não é um garoto normal, assim como eu não sou uma garota normal, então, olhei para ele e perguntei:

— Por que você estava em Boston?

Zach deu um passo para trás.

Ele balançou a cabeça e olhou para o chão ao murmurar:

— Há coisas que não posso lhe dizer, Garota Gallagher.

— Não pode? — perguntei. — Ou *não vai*?

Mas Zach não respondeu. Apenas olhou para mim, como se perguntasse: *Que diferença faz?*

— Diga... — sussurrei, tentando não pensar no fato de que Zach não estava mais me perseguindo. Em vez disso, ele estava me encarando, e, pela primeira vez, percebi que ele havia crescido, estava mais alto e mais forte, e que, definitivamente, não era mais o garoto que havia me beijado na última primavera.

— Há certas coisas que você não quer saber.

Sei que parece loucura, mas acreditei nele. Afinal, tínhamos vivido até ali seguindo a regra de saber-o-necessário, e, naquele momento, eu queria aceitar a palavra de Zach. Queria acreditar.

Pelo canto do olho, vi minhas amigas saindo do hotel e indo para a rua. Ouvi Macey chamar meu nome. Mas os meus olhos estavam fixos nos de Zach. Segredos e confete pairavam no ar à nossa volta, até que, de repente, as coisas se tornaram escuras e lentas.

Até que não saber deixou de ser uma opção para mim.

Até que vi a van.

Capítulo Vinte e Sete

Sei que só durou alguns minutos. Tinham me dito. Eu havia assistido ao vídeo de contravigilância, tão curto. Ainda assim, a única coisa de que eu tinha certeza era que, num segundo, estávamos de pé nas sombras dos postes e, no seguinte, tínhamos sido envolvidos pela escuridão. Três blocos inteiros estavam sem luz e, em meio à neblina, só o Monumento a Washington continuava iluminado.

— Macey! — gritei, sabendo, mais no coração do que racionalmente, que algo estava errado.

Comecei a descer a rua correndo, para longe de Zach e na direção da minha amiga, no momento em que faróis cortaram a escuridão e as barreiras foram atingidas pela van que havia entrado tão rapidamente na rua vazia que eu realmente parei. Eu realmente vi.

Macey. Macey tinha caminhado para mais perto de mim, afastando-se de Bex e de Liz. Ela estava lá, sozinha sob a luz dos faróis, a 20 metros de qualquer tipo de ajuda.

— Corra! — gritei, me lançando na direção dela, mas era tarde demais.

A van já estava muito perto. A porta lateral estava sendo aberta. Pessoas mascaradas saltavam. Tudo parecia tão devagar que eu nem tinha certeza se meu grito a alcançaria enquanto ela continuava parada, emudecida, na luz.

E via a van passar direto por ela.

Às vezes fazemos um teste na aula de OpSec em que o Sr. Solomon nos faz quatro ou cinco perguntas ao mesmo tempo — uma nos faz pensar; um nos faz puxar pela memória; outra testa os nossos instintos; outra testa as nossas habilidades. E foi assim que me senti. Sei que parece loucura e que você não vai acreditar em mim. Mas realmente me senti num desses testes, enquanto ficava parada sob a luz do Monumento a Washington, decorando tudo sobre a van; o tipo de relógio de pulso que o motorista usava; e se o homem que saltava pela porta lateral me atingiria primeiro com a mão direita ou com a esquerda. Enquanto pensava em Boston; enquanto ouvia "peguem-na" de novo; enquanto percebia que Macey não era a única Garota Gallagher no terraço naquele dia.

Enquanto me lembrava de que nada nunca é o que parece.

Pneus cantaram no asfalto enquanto a van derrapava ao meu lado, fazendo uma curva de 90 graus, bloqueando o caminho pelo qual eu havia chegado até ali.

— Cammie! — O grito de Zach pareceu muito distante, perdido atrás de uma montanha de borracha e aço.

À minha direita, vi as minhas amigas se aproximarem correndo, mas o mundo estava em câmera lenta. A ajuda parecia estar a anos-luz de distância quando um homem pulou da traseira da van. Mas ele era grande demais — lento demais. Eu me esquivei dos golpes e encaixei o pé na parte de trás do joelho dele, puxei e o fiz cair, derrubando um segundo homem contra a porta da van por uma fração de segundo, e então comecei a correr.

— Cammie! — A voz de Bex ecoou na noite, vinda do sul.

— Macey! — gritei em resposta. — Salvem Macey!

Mas Macey não precisava ser salva. E agora eu sabia que *aquele* era o problema.

Eu não sabia o que estava acontecendo. Não sabia para onde Zach tinha ido. Só sabia que tinha que continuar correndo — cada vez mais rápido, até braços fortes me agarrarem pela cintura. Antes mesmo que meus pés saíssem do chão, havia uma mordaça na minha boca — um cheiro nauseante. Tentei não respirar enquanto os meus braços lutavam e o mundo começava a girar.

E depois a cair.

Eu me lembro de cair.

Sob o brilho sombrio das luzes da van, procurei Zach, mas as imagens eram um borrão enquanto o asfalto corria ao meu encontro — muito rápido, muito duro.

A minha cabeça estava pegando fogo. O meu corpo estava esmagado sob o peso do atacante. Alguém ou alguma coisa deve ter jogado nós dois no chão, porque a mordaça havia sumido — a neblina estava se abrindo apenas o suficiente para que eu visse as minhas amigas lutando contra dois homens que tinham o dobro do tamanho delas. Liz estava agarrada às costas de um homem, enquanto Bex aparava os golpes. Macey lutava com um segundo, e eu queria gritar para que ela corresse, mas as palavras não saíam, porque a minha cabeça latejava, como se houvesse fatos demais — perguntas demais — para que a minha mente suportasse.

E então o peso esmagador se foi. Ar puro entrou nos meus pulmões. Mas, antes que eu pudesse me levantar, o pano estava no meu rosto de novo. Os braços me apertavam com mais força e a nuvem nos meus olhos ficava mais densa, então reuni minhas últimas forças e bati com a minha cabeça no crânio do meu atacante.

Ouvi um estalo e senti o sangue de um nariz quebrado escorrer em cima de mim enquanto me libertava. Mas o mundo estava girando rápido demais, as minhas pernas estavam muito pesadas. Os braços me encontraram de novo. Senti a van se aproximando enquanto os meus calcanhares eram arrastados pelo asfalto e eu examinava a escuridão nebulosa em busca de ajuda — de esperança. E foi então que vi Macey.

Ela estava correndo na minha direção. Tão forte. Tão rápida. Tão linda.

— Ela está segura — sussurrei, mas ninguém ouviu as minhas palavras; a minha mentira.

Senti o movimento parar muito tarde. Senti o lado direito do meu corpo afundando, mas não lutei para me levantar. Em vez disso, observava minha amiga correr cada vez mais rápido, mas o único pensamento na minha mente confusa era que a garota no lago não era a mesma garota que estava na minha frente naquele momento.

— Não! — ouvi, mas não me lembro de ter gritado.

Vi o brilho — ouvi a explosão —, mas não tinha visto a arma.

Eu me lancei para a frente, mas era tarde demais. Nem mesmo a Academia Gallagher pode ensinar como voltar no tempo.

Gritos encheram o ar. O pânico se espalhou com o vento quando o tiro ecoou pela rua escura no meio da noite. E foi então que percebi que a voz que eu tinha ouvido não era a minha. Mais alguém estava gritando. Mais alguém estava correndo na escuridão. Alguém havia se arremessado na frente de Macey e estava caindo contra o chão escuro.

A mão que segurava a arma tentava me puxar de volta, mas eu me virei e chutei, ouvi um estalo repugnante e vi a pessoa mascarada cair.

Andei, mas as minhas pernas falharam. Caí e tentei engatinhar, mas não consegui. Talvez fossem os entorpecentes no pano, talvez fosse a pancada na cabeça, ou talvez fosse o grito da minha amiga diante do corpo caído da minha tia, mas, por algum motivo, meus braços se esqueceram de como se mexer.

— Saia daqui! — O Sr. Solomon tinha aparecido do nada.

— Agora! — A voz de minha mãe ecoou no vento.

A mão de alguém pegou o meu braço de novo, mas desta vez parti para o ataque com mais raiva do que jamais havia sentido, ajoelhando-me, girando, chutando, gritando:

— Tire...

Foram os olhos que me fizeram parar. E as mãos que de repente estavam estendidas para mim. E as palavras:

— *Garota Gallagher.*

Eu queria me afundar no chão e descansar. Dormir. Mas a mão de Zach pegou a minha de novo. Ele me ajudou a levantar enquanto minha cabeça rodava e minha garganta queimava e o mundo continuava desmoronando à minha volta.

— Corra — disse ele, me arrastando de volta para o hotel pelo caminho que havíamos seguido. Para longe da van. Para longe da luta. Para longe do tiro que ainda ecoava nas partes mais sombrias da minha mente.

Ao longe, uma sirene soava. Alguém gritou:

— Serviço Secreto dos Estados Unidos!

E, a pouco mais de 10 metros de distância, minha tia estava caída no chão. Imóvel.

Macey se debruçou sobre ela. A jaqueta de Zach havia caído dos meus ombros, e Macey a levou até o ferimento no peito de Abby, tentando conter o sangue que escorria para o asfalto, manchando tudo o que tocava.

— Abby... — sussurrei, mas Zach não deixou que eu me soltasse.

Ouvi a van ser ligada atrás de nós. Agentes do Serviço Secreto gritavam. Mais tiros foram disparados, e então senti Zach parar. Eu me apoiei nos ombros dele, ocupada demais olhando para trás para ver o homem parado entre nós e a porta.

Vi a arma. Senti a van chegando para a frente, a segundos de distância e cada vez mais rápida. Ouvi os gritos da luta atrás de nós. Mas nada naquela noite soou mais alto que o sussurro espantado do homem mascarado ao olhar para o garoto ao meu lado:

— Você?

Temos teorias sobre o que aconteceu em seguida — mas nenhum motivo. Nenhum *por quê*. Talvez fossem as sirenes ou o Serviço Secreto, mas o homem correu em vez de lutar. Ele escapou para a escuridão enquanto minha mãe gritava meu nome. A voz dela era muito alta, o impulso muito forte ao jogar o corpo contra o meu, me arrastando para as sombras.

Uma parede de corpos surgiu à minha volta — agentes do Serviço Secreto, policiais, a mulher que havia nos escoltado da van até o hotel. A mulher que estava esperando... por mim.

Tentei me levantar, mas mãos fortes me empurraram para baixo, contra o prédio, para a segurança dentro dos muros da minha irmandade que, de algum modo, havia sido transportada de Roseville e montava guarda à minha volta.

— Abby! — gritei, quando uma das mulheres se moveu. Por entre as suas pernas eu podia ver o lugar onde minha tia estava caída, imóvel, com o sangue ensopando sua blusa. — Tia Abby! — gritei novamente.

Minha mente voou de volta para a Filadélfia. Vi um anjo amparando um soldado caído, voando para longe da guerra.

— Não!

Comecei a engatinhar como uma criança, fraca e indefesa, pensando no meu pai, que eu jamais saberia como tinha morrido, num lugar que eu nunca veria, de um jeito que eu jamais veria, e, naquele momento, eu me perguntava o que seria pior: nunca saber ou testemunhar a vida se esvair de uma pessoa que você ama bem diante dos seus olhos.

Minha mãe estava gritando, ajoelhada ao lado de Abby. Então lutei mais.

— Mantenham-na no chão — gritou o Sr. Solomon. Eu nunca tinha ouvido aquele tom, e jamais queria voltar a ouvir. — Eles podem voltar! — O círculo à minha volta se fechou. — Eles não vão parar até conseguirem pegá-la.

Pegá-la.

Perdi completamente as forças. Apoiei-me contra o muro enquanto as sirenes soavam, o entorpecimento tomava conta de mim, e as palavras ecoavam na noite.

Me pegar.

Capítulo Vinte e Oito

23 horas

— Ela está histérica! — disse um dos paramédicos.

As luzes e sirenes foram demais para mim. Gritei. Lutei. Eu tinha que ser ouvida.

— Dê alguma coisa para ela — disse uma mulher.

— Mas... — começou o paramédico.

— Sou a mãe dela! Obedeça!

2 horas

— Os médicos não fizeram nenhum comentário sobre o estado da agente do Serviço Secreto que foi baleada na noite passada por um veículo que passou atirando, em Washington. A agente era responsável pela segurança pessoal de Macey McHenry, mas relatórios indicam que, em vista dos resultados das eleições, a Srta. McHenry não precisará mais da proteção do Serviço Secreto, e a vida dela poderá e deverá voltar ao normal.

Ouvi a TV ser desligada.

Eu me mexi, pisquei e reconheci a sala à minha volta — o sofá de couro, as prateleiras de livros. Mas os medicamentos eram muito fortes. Ou talvez eu estivesse muito fraca.

Dormi de novo.

4h45

— Vocês deveriam ir dormir, garotas.

— Não, professor, obrigada — disse Bex.

— Rebecca, seus pais me pediram pessoalmente que cuidasse de você, e eu gostaria que fosse se deitar.

— Estou bem aqui, professor. Obrigada.

— Eu já imaginava que você diria isso. Pelo menos deixe a Srta. Sutton dormir um pouco.

5h20

Eu sabia que não estava sozinha. Os sussurros de Bex eram baixos do lado de fora. Liz murmurava alguma coisa, meio adormecida. Então uma sombra atravessou o quarto, e vi o Sr. Solomon de pé sob a luz da lua, olhando para o pátio lá fora.

Mas deviam ser os remédios — eu ainda devia estar dormindo —, porque parece que vi os ombros dele se sacudindo. Eu poderia jurar que o vi secar o rosto com uma das mãos.

Não era real.

Eu estava dormindo.

Joe Solomon não chora.

6h25

— Cammie — a voz da minha mãe era alta e estridente, e eu soube que ela havia chorado.

Se quer saber a verdade, entre todas as coisas, aquela foi a que mais me assustou. Achei que talvez eu tivesse morrido. Perguntei-me se estava olhando para cima de dentro de um caixão, e não de um sofá de couro. E então pensei na tia Abby.

— Ela foi operada — disse minha mãe, respondendo à pergunta que eu nem tinha chegado a fazer, lendo minha mente. Ela respirou fundo. — Ela foi operada.

Eu me levantei e um cobertor caiu do meu colo para o chão. Havia bandagens na minha cabeça e no meu braço. Aquilo era familiar demais para ser algo além de um pesadelo.

— Você dormiu, querida?

Pensei que aquela fosse uma pergunta óbvia — um desperdício de tempo. Mas todos os bons interrogadores sabem que devem começar com as coisas das quais o interrogado tem certeza. Então balancei a cabeça e minha mãe disse:

— Bom.

Ela estava sentada na mesa de centro em frente a mim – no mesmo lugar onde, todas as noite de domingo, ela deixava as nossas bandejas de vegetais e tigelas de molho. Mas, naquela manhã, ela estava sentada ali, com as mãos no colo. Naquele momento, ela era mãe ou espiã? Não tenho certeza. Mas sabia de qual das duas eu precisava.

— Me conta — pedi, sem me importar com quem estava ouvindo; com quão longe nossas vozes alcançavam.

Vi o Sr. Solomon perto da mesa da minha mãe e soube por que ele estava ali.

— Vocês dois, comecem a falar — insisti, mas minha mãe estava se inclinando na minha direção.

— Querida, isso não é algo que...

— Eu tenho o direito de saber!

O tom de voz dela ficou mais duro. Ela ainda mandava em mim, e não deixaria eu me esquecer disso.

— Cameron, há uma hora e um lugar apropriados para...

— Eles *não estavam* atrás da Macey — disse eu. — *Nunca* estiveram atrás dela. E... vocês sabiam.

— Cameron, isso... — Mas minha mãe não teve chance de terminar, porque o Sr. Solomon estava deslizando para a quina da mesa, de braços cruzados.

— Não sabíamos mais do que você, Srta. Morgan. Não por muito tempo.

— Mas... — comecei, minha cabeça girando. — Filadélfia. — Pensei na porta da sala da minha mãe fechada no dia seguinte, o terror que eu tinha acabado de ver nos olhos da minha tia no trem. Um calafrio que eu nunca havia sentido percorreu a minha espinha quando perguntei: — O que Zach disse a você naquele túnel, Sr. Solomon?

O meu professor assentiu. Quase sorriu.

— Ele tinha ouvido falar que Macey não era o alvo. Desde o início havia uma possibilidade... Sabíamos disso... Mas Zach tem fontes...

— Que tipo de fontes? Quem são eles? Onde estão? O que...

— Isso é tudo que você vai conseguir, Cammie — disse Joe Solomon, e eu o odiei um pouco. Mas então ele deu de ombros, derrotado. — Porque é tudo o que sabemos.

O Sr. Solomon é um bom mentiroso — o melhor. E eu também o odiei por isso

— Joe — disse minha mãe, tranquilamente, como se eu não estivesse ferida e falando alto; como se a minha vida, de repente, não estivesse completamente mudada. E acabada —, você pode nos dar um minuto?

Um instante depois, ouvi a porta abrir e fechar, e soube que estávamos sozinhas.

— Querida, não... — Ela perdeu a voz, incapaz de continuar, até que a Garota Gallagher dentro dela dominou a mãe, e ela encontrou forças para prosseguir. — Você vai ficar bem, Cammie. O conselho administrativo da Academia Gallagher foi informado. A força operacional completa da escola e da Agência está nos apoiando Você vai ficar bem.

Eu adoro a sala da minha mãe. É a coisa mais parecida com uma casa que tenho há anos. Naquela manhã, passei muito tempo sentada ali, olhando as fotos que ficavam sobre a penteadeira dela em nosso apartamento em Arlington. Antes de ela se tornar diretora. Antes de eu ser uma Garota Gallagher. Antes de termos perdido o papai.

Antes de termos perdido muitas coisas.

— O que vai acontecer agora? — Ouvi a minha voz falhar, e eu soube que estava quase chorando, quase implorando.

Minha raiva tinha passado, e, no lugar dela, eu sentia uma onda tão poderosa de sofrimento e terror que mal conseguia respirar. Pensei em Abby sangrando. Pensei em Macey e Preston. E, por fim, vi Zach pairando acima de mim, enquanto a minha mente escorregava por um duto de ventilação, mergulhando numa queda livre que temia que nunca terminasse.

— É só que... mãe... por quê?

Minha mãe me abraçou. Minha diretora acariciou os meus cabelos. E a melhor espiã que eu conhecia sussurrou:

— Nós vamos descobrir. Prometo que vamos.

Capítulo Vinte e Nove

As aulas deviam ter terminado, mas isso ainda não havia acontecido. As provas finais já deviam ter chegado ao fim, mas ainda faltavam semanas para que começassem. Ainda assim, todas as garotas da escola sabiam que eu e as minhas amigas já tínhamos sido testadas. Pensei em tia Abby, e soube que tínhamos passado raspando.

Demorou três semanas para que acontecesse, para que o Sr. Solomon batesse à porta da sala de chá da Madame Dabney, e eu e as minhas amigas fôssemos convidadas a descer.

Naquele dia, seguindo o nosso professor pelo hall, não deixei minha mente vagar — havia muitos lugares obscuros para onde ela poderia ir, por isso mantive o foco nos passos, nos degraus e nas paredes. Até que o Sr. Solomon abriu a porta da sala da minha mãe...

E alguém disse:

— Ei, Esguicho.

— Abby! — gritaram Bex e Liz ao mesmo tempo, correndo para ela e a abraçando.

— Meninas! — disse minha mãe, como se para lembrá-las de que (pelo menos no caso de Bex) não sabiam a força que tinham.

Minha tia estava mais pálida do que eu me lembrava. E mais magra, quase frágil. Seu braço direito estava preso numa tipoia. Mas os olhos eram os mesmos — então foi para eles que olhei quando cheguei mais perto.

— Como você está? — perguntei, quase com medo da resposta.

Minha tia sorriu.

— Nunca estive melhor.

Me perguntei se ela estaria mentindo — ou se eu seria uma agente boa o suficiente para perceber.

— É claro que Langley precisa de alguém que tenha levado um tiro recentemente para representar um traficante de armas em... bem... em algum lugar. — Ela olhou para cima e jogou o quadril para o lado, então esticou a tipoia para nós e perguntou: — É ou não é o disfarce perfeito?

Mas, por incrível que pareça, nenhuma de nós quatro concordou.

— Você tem mesmo que ir? — perguntou Liz, lançando um olhar para a mala de Abby. — Você poderia ficar aqui, não poderia? Poderia dar aulas.

— Seria maravilhoso! — exclamou Bex.

Mas Abby já estava balançando a cabeça, pendurando a bolsa sobre o ombro bom. Isso não impediu Bex de dizer:

— Ah, você poderia passar o Natal na minha casa. A Cam vai. Meus pais adorariam ver você.

— Obrigada, Bex — disse tia Abby —, mas acho que tenho algumas... *outras* coisas a fazer.

Pela milionésima vez no último mês, pensei no que estaria acontecendo fora dos muros da escola, mas então me lembrei de não fazer perguntas cujas respostas eu não gostaria de saber.

— Então, acho que nos vemos depois... — Abby abraçou minha mãe, que sussurrou algo no ouvido da irmã.

Ao caminhar até a porta, ela se virou para mim e para as minhas amigas e disse:

— Desculpe, turminha, mas não gosto de despedidas.

Mas em seguida ela parou, largou a bolsa no chão e se virou.

— Mas que droga!

E posso dizer, com toda a sinceridade, que nenhum treinamento do mundo me preparou para ver minha tia pegando Joe Solomon pela gola da camisa.

E o beijando.

Na boca.

Durante 87 segundos.

Liz engasgou. Bex ficou parada, com a cara no chão. E eu... apenas olhei para minha mãe, que olhava para os dois como se o mundo não pudesse ficar mais estranho.

Quando terminou, tia Abby finalmente tomou fôlego (notei que o Sr. Solomon não fez muita coisa). Minha tia olhou para a irmã, jogou o quadril de lado e disse:

— Bem, alguém tinha que fazer isso.

E então ela foi embora.

Mamãe e o Sr. Solomon ainda estavam muito espantados, em vista do que tinha acabado de acontecer, mas Bex, Macey, Liz e eu fomos atrás de Abby, vendo a lenda viva que tem o meu sobrenome atravessar o Hall de História, passar pela espada que havia dado início a tudo aquilo, e então descer a grande escadaria, para longe de nós.

Naquele instante, todo mundo que eu amava estava são e salvo.

— Não vire um fantasma desta vez. — Minha voz cortou o hall vazio. — Faça o que tem que fazer, mas não vire um fantasma, está bem?

Abby virou-se para mim e pegou uma jaqueta na bolsa pendurada no ombro.

— Tome. Acho que alguém deu isto para você.

Não olhei para ver se o sangue da minha tia ainda manchava a jaqueta de Zach. Não me permitiria pensar naquela noite. Eu a peguei e tentei imaginar por que ele a havia dado para mim, e não para qualquer outra pessoa.

— Abby... — Era a voz de Macey, e, pelo o olhar dela, estava tão chocada quanto todas nós por ouvi-la. — Eu nunca... quero dizer, você deve saber... Acho que o que estou tentando dizer é...

Abby parou. A mão boa segurava o corrimão. O cabelo dela caiu por cima de um dos ombros quando ela sorriu, levantou os óculos escuros e disse:

— Eu disse que levaria um tiro por você.

E então ela foi embora.

Fiquei ali por um bom tempo, vendo-a partir, porque era tudo o que eu podia fazer.

Bex e Macey foram para o Salão Nobre, para almoçar. Liz se dirigiu para a biblioteca. Fiquei sozinha, dizendo a mim mesma que algum dia a minha tia voltaria — que o mundo precisava dela lá fora e que, por enquanto, eu era necessária ali dentro.

Que, por enquanto, tudo o que eu podia fazer era esperar.

— Sétimo ano! — A voz de Patricia Buckingham percorreu o hall enquanto novas Garotas Gallagher a seguiam, saindo do Salão Nobre. — Seguiremos em grupo para o laboratório, para o exame admissional. Não entrem antes que eu dê a vocês... — Ela parou de repente e gritou para uma garota à frente do grupo: — Emily Sampson! Eu vi isso!

Eu me perguntei se alguma vez tinha sido tão pequena. Vi a inocência nos olhos delas, e entendi que jamais voltaria a me sentir daquele jeito. Eu tinha visto muitas coisas — e sabia tão pouco. E, por motivos que na hora eu nem sabia, corri atrás delas.

— Professora Buckingham — chamei, aproximando-me da mulher que era ao mesmo tempo a pessoa mais velha do corpo docente da Academia Gallagher e a única cuja aparência não havia mudado nada desde que eu estava no sétimo ano.

— Pois não, Cameron? — respondeu a professora, e, naquele momento, ela pareceu atemporal. Como se algum grande chefe do Serviço Secreto do século XX a tivesse esculpido.

— Tenho uma pergunta... sobre história.

— História da Espionagem é um curso do currículo de primavera, Cameron. Espero que saiba disso. — Ela apressou outra aluna nova pelo corredor. — Neste momento, como você pode ver, estou muito ocupada ajudando nossas novas alunas a se ambientarem. Sissy! — gritou, ao empurrá-las adiante para longe de mim, enquanto o vento soprava mais alto do lado de fora.

— Sim, senhora — falei. — Estou vendo. É só que eu estava pensando... no Círculo de Cavan.

Quando se virou, os olhos dela se cravaram nos meus.

— Eu preciso saber... — gritei para ela, a minha voz falhando sob o peso dos temores que eu carregava havia semanas. — Preciso estar pronta.

— Lamento, Cameron. Isso não é algo... Lamento.

Ela deu um passo. As vozes das alunas novas sumiram quando elas viraram num corredor — saindo de vista.

Virei-me para olhar pelas janelas, vi os primeiros flocos do inverno caindo pelo pátio. Em poucas horas, tudo estaria coberto de neve, como se a Terra estivesse vestindo seu melhor disfarce.

— Talvez na primavera. — A voz de Buckingham atravessou o corredor frio, me perseguindo como um vento forte. Virei-me para encará-la. — Isso mesmo — disse ela, e, por não mais que uma fração de segundo, ela pareceu velha.

O corredor pareceu ser o próprio tempo, e Patricia e eu estávamos em extremidades opostas: ela olhando para tudo o que ela própria tinha sido, eu imaginando o que viria pela frente.

Então a professora acenou novamente mais uma vez e disse, baixinho:

— Talvez na primavera.

Eu a observei desaparecer no longo corredor enquanto, do lado de fora, o inverno se instalava, deixando o céu cinza e cobrindo o chão de branco.

Eu estava segurando a jaqueta de Zach, então a joguei sobre os ombros. Ela ficou pendurada ali, quente e pesada, e o frio pareceu um pouco mais distante. Quando enfiei minhas mãos nos bolsos do casaco, senti algo roçar os meus dedos. Puxei um pequeno pedaço de Evapopaper e analisei a letra que já tinha visto duas vezes:

Divirta-se em Londres
Z.

Então, apesar de tudo, sorri, olhei para o bilhete e soube que a primavera chegaria — ela sempre chega. Olhei pela janela fria, observando minha respiração se condensar no vidro, e tentando não pensar na minha vida depois do degelo.

PRÓS E CONTRAS DE ESCREVER A SÉRIE GAROTAS GALLAGHER, POR ALLY CARTER:

Pró: Ter os leitores mais incríveis do mundo.

Contra: Infelizmente, tentar escrever livros que estejam à altura desses leitores demora. Sou muito grata a todos que esperaram tão pacientemente.

Pró: Trabalhar com todas as pessoas talentosas da Disney. Hyperion Books é uma bênção fenomenal. Devo muito a todas as pessoas de lá, especialmente à fantástica Jennifer Besser, que me acolheu quando eu não tinha para onde ir. Jen, o melhor ainda está por vir!

Contra: Escrever é um trabalho solitário. Não sei como eu teria conseguido sem o apoio e o incentivo de escritores como Maggie Marr e Jennifer Lynn Barnes, que leram este livro em sua forma mais crua. E, claro, os BOBs.

Pró: Ter Kirstin Nelson como agente.

Contra: É difícil visitar todos os lugares aonde as Garotas Gallagher têm que ir, então peço desculpas, do fundo do coração, às pessoas de Boston, de Cleveland e da Filadélfia pelas liberdades que tomei ao descrever suas belas cidades.

Pró: É muito mais fácil escrever sobre pais amorosos e irmãs leais quando se tem exemplos de onde tirar inspiração. Então, acima de tudo, agradeço à minha família.

Este livro foi composto na tipologia Minion Pro,
em corpo 12/15,5, e impresso em papel off-white 80g/m^2,
no Sistema Cameron da Divisão Gráfica
da Distribuidora Record.